KB017197

개를 키우는 이야기 · 여치 · 급히 고소합니다

개를 키우는 이야기 · 여치 · 급히 고소합니다

self

다자이 오사무 단편집 김욱 옮김

차례

개를 키우는 이야기

나는 개에 대해서는 어떤 확신 같은 것을 가지고 있다. 언젠가는 반드시 물리고야 말리라는 믿음이다. 나는 틀림없이 물리고야 말 것이다. 그렇게 물릴 것이라는 확신을 나는 가지고 있다. 오늘날까지 용케도 물리지 않고 지내올 수 있었다는 사실이 오히려 신기하게만 여겨지기도 한다. 개는 맹수다. 말을 물어 죽이기도 하고 때에 따라서는 사자와도 싸워서 사자를 정복한다고도 하지 않는가. 저 개의 날카로운 이빨을 보라. 예사롭지 않다. 지금은 저렇게 하찮은 짐승이라도 된다는 듯 자기 비하를 하면서 거리에서 쓰레기통 속이나 뒤지고 있지만, 원래는 말을 물어 죽일 수도 있는 맹수다. 언제 어느 때 미친 듯이 날뛰며 그 본성을 드러내 보일지 모르는 일이다.

　개는 반드시 쇠사슬에 단단히 묶어놔야 한다. 절대로 방심해서는 안 된다. 이 세상의 많은 개 주인들은 이처럼 으시으시한 맹수를 기르면서 그들에게 매일 먹다 남은 잔반이나마 알량하게 주고 있다는 이유 하나만으로 도대체가 이 맹수를 무서워하질 않는다. 오히려 메리니, 베스니 스스럼없이 부르면서 마치 자기 가족 중 한 식구쯤으로 여기려든다. 그러면서 어떤 때는 세 살배기 귀여운 내 새끼로 하여금 장난삼아 그 맹수의 귀를 뒤로 힘껏 잡아당기게 하곤 개가 아파하는 꼴을 보고는 재미있어라 하는데 그런 광경을 보게 될 때면 소름이 끼치지 않을 수 없다. 그러다가 느닷없이 '왕' 하고 아이에게 달려들어 물면 어떻게 되겠는가. 절대로 조심해야 한다. 주인이라고 해서 물지 않는다는 법이 없는 맹수를(주인이니까 물 리가 없다고 믿는 것은 착각이다. 저 무서운 이빨이 있는 한 반드시 문다. 주인이기 때문에 절대로 물지 않는다는 것을 과학적으로 증명할 수는 없는 일이다.) 쇠사슬에 묶어놓지도 않고 그냥 놓아 기르는 바람에 길거리를 배회하게 된다면 어떻게 되는 것일까. 작년 늦가을에 내 친구

하나가 길거리를 어슬렁대던 이런 개 때문에 봉변을 당하게 되었다. 그야말로 참혹한 희생자가 아닐 수 없다. 친구 말에 의하면, 친구는 그날 양손을 주머니 속에 찔러 넣고 골목길을 빈둥거리며 걸어가고 있었다. 그때 개 한 마리가 골목길에 얌전하게 앉아 있었다는 것이다. 친구는 개 옆을 지나갔다. 이때 개가 묘하게 곁눈질을 하며 노려보았다고 한다. 그렇더라도 모르는 체 개 옆을 무사히 지나갔는데 그때 느닷없이 개가 '왕' 하고 달려들어 친구의 오른발을 물어뜯었다는 것이다. 재난이 아닐 수 없다. 한 순간에 일어난 일이다. 친구는 망연자실했다고 한다. 어찌나 화가 났는지 눈물까지 나왔다고 한다. 친구는 아픈 발을 질질 끌며 병원에 가서 응급치료를 받았다. 그러고는 21일 간을 병원에 다녔다. 그러니까 꼭 3주일 동안을 병원에 다닌 셈이다. 다리를 물린 상처가 아물더라도 혹시나 광견병 같은 끔찍스런 독이 체내에 침입한 것인지도 모르는 일이다. 때문에 해독 주사인지 하는 것을 맞지 않으면 안 되었다. 그렇다고 개 주인에게 치료비를 물어내라는 등의 담판을 할 만한 배포가 있는 친구도 아니었다. 그저 꾹 참으며 재수가 사나워서 당한 일로 돌리며 한숨이나 쉬고 있어야 했다. 주사 비용도 만만한 것이 아니었다. 하지만 여윳돈이 있을 리 없는 가난한 그 친구는 그런 돈을 마련하느라 혼이 났을 것이다. 게다가 주사 맞아야 하는 날을 깜박 잊어버리고 하루 건너뛰기라도 하면 열이 나면서 정신이 혼란스러워지고 그러다가 심하면 얼굴이 개를 닮아가다가 끝내는 납죽 엎드려 개처럼 멍멍 짖게 되는 정신이상을 앓게 될지도 모른다는 것이다. 주사를 맞으면서 친구는 얼마나 불안했을까. 그럼에도 그 친구는 세상의 쓴맛 단맛 다 겪은 성실한 사람이어서 이성을 잃거나 하는 일 없이 3주일 간을, 그러니까 21일 동안을 꾸준히 병원에 다니면서 치료를 받아 지금은 아무 탈 없이 완쾌했다. 만일 내가 그런 일을 당했다면 나는 그 개를 가만두지 않았을 것이다. 나는 남들보다 몇 배는 더 복수심이 강한 자다. 그런 인간이기 때문에 만일 내가 그런 어처구니없는 일을 당하게 된다면 보통 사람들은 상상할 수도 없는 잔인성을 발휘하게 될 것이다. 당장 그 개의 머리통을 부숴버리고 눈알을 도려내 잘근잘근 씹어 뱉어버릴 것이다. 아니, 동네에 있는 개라는 개는 모조리 잡아 독살하게 될지도 모른다. 이쪽은 팔짱을 낀 채 아무 짓도 한 게 없는데 갑자기 달려들어 '왕' 하고 짖으며 달려들어 물다니, 괘씸하기 짝이 없다. 아무리 짐승이라 해도 용서할 수 없는 일이다. 짐승이라고 해서 사람들이 개를 측은하게 보아주고 있는 것부터가 잘못이다. 가차없이 혹형(酷刑)에 처해져야 한다. 나는 개를 무척이나 싫어한다. 그런데 지난 가을 친구가 개에 물렸다는 얘기를 들은 후부터 개에 대한 나의 증오심은 극에 달했다.

금년 정월에 나는 야마나시 현 고후 시에 있는 조그마한 초암(草庵 : 초가집)을 빌려 거기서 세상과는 등을 지며 형편없는 소설을 아득바득 쓰고 있었다. 그런데 어떻게 된 노릇인지 이 고후 시 변두리에는 어딜 가나 개들로 우글거렸다. 길거리에 자빠져 있는 놈, 신바람 나게 달리는 놈, 이빨을 드러내며 짖어대는 놈, 몇 마리씩 짝을 지어 격투 연습을 하는 놈들, 그리고 저녁엔 밤도둑처럼 떼지어 돌아다니는 놈들 등등…. 적어도 한 집에서 두 마리 이상씩은 기르고 있는 게 아닌가 싶을 정도로 개들 천지였다. 원래 야마나시 현은 순종 개들만을 기르고 있는 순종 산지로 알려져 있다. 하지만 내가 보기에 야마나시 현에 있는 개들은 절대로 순종들이 아니다. 붉은 빛깔의 털 복숭이 개들이 제일 많다. 모두 똥개들이다. 친구가 그쯤 개에게 봉변을 당한 후부터 나는 개가 더욱 밉살머리스러워지면서 개들을 더욱 경계하게 되었다. 이렇게 많은 개들이 득시글거리면서 여기저기 골목길에 눌러앉아 진을 치고 있는 것을 보면 여간 조심스러운 일이 아니었다.

나는 고심했다. 할 수만 있다면 정강이 보호대와 팔뚝 보호대, 그리고 철모를 쓰고 다니고 싶었다. 하지만 그런 모양새는 너무 꼴사납고 또 풍속상으로도 절대로 허용되지 않을 것이므로 다른 수단을 강구해야 한다. 나는 진지하게 대책을 강구했다. 나는 우선 개의 심리 상태를 연구했다. 인간의 심리에 대해서는 나도 어느 정도는 알고 있고 때로는 정확하게 알아맞힌 적도 있다. 그러나 개의 심리를 알기란 여간 어려운 일이 아니다. 사람의 언어가 개와 인간과의 감정 교류에 얼마나 도움이 될 것인지가 가장 큰 문제였다. 언어가 도움이 되지 않는다면 서로의 거동이나 표정을 읽어내는 수밖에 없다. 개꼬리의 움직임은 참으로 중요하다. 그러나 이 꼬리의 움직임도 자세히 살펴보면 매우 복잡한 동작이어서 그때그때 판독하기란 여간 힘든 일이 아니었다. 나는 거의 절망했다. 그러다가 매우 졸렬한 방법 하나를 고안해냈다. 궁여지책이다. 개를 만나면 우선 만면에 미소를 띠며 '나는 너를 해치려는 마음이 전혀 없다' 라는 것을 보여주기로 했다. 밤에는 그렇게 미소 띤 얼굴이 보일 리 없다. 그럴 때는 동요라도 흥얼거리며 난 사납지 않은 다정한 인간임을 알려주기로 했다. 이게 다소 효과가 있었나보다. 개들이 내게는 으르렁거리지도 않고 덤비지도 않았다. 하지만 어디까지나 방심은 금물이다. 개 앞을 지날 때에는 아무리 무섭더라도 절대로 달려서는 안 된다. 싱글벙글 아첨을 떠는 웃음을 지어 보이는 동시에 고개를 외로 꼬아 딴청을 하며 천천히, 아주 천천히 걸어야 했다. 등 위에 모충 10여 마리가 기어다녀 못 견딜 지경이라도 천천히 걸어가야 한다. 이럴 때면 내가 얼마나 비굴한 자인가를 절감하게 되어 울고 싶을 만큼 자기 혐오에 빠지곤 했지만, 그렇게라도 하지 않고서는 금방이라도 물릴 것만 같아 나는 모든 개를 대할 때마다 아는 체를 한다. 머리를 길게 기르고 있으면 수상한 놈으로 보고 들입다 짖게 될지도 몰라 그토록 가기 싫어하던 이발소에도 열심히 다니기로 했다. 산책할 때 지팡이 같은 것을 갖고 다니면 개들이 저를 위협하는 무기로 착각하고 반항심을 갖게 될지도 모를 일이어서 지팡이는 절대 들고 다니지 않기로 했다. 개의 심리는 전혀 헤아리지도 못한 채 그렇게 적당히 개의 기분을 맞추며 지내던 나에게 뜻밖의 현상이 나타나게 되었다.

개들이 나를 좋아하게 된 것이다. 개들이 꼬리를 흔들며 내 뒤를 우르르 따라온다. 나는 발을 동동 구르며 속으로 이를 갈았다. 참으로 얄궂은 일이 아닐 수 없다. 원래 개를 싫어하고 있는데다가 최근 들어서는 마침내 증오의 절정에까지 도달하게 만든 바로 그런 개들이 나를 좋아하게 되었다니 말도 되지 않는다. 그럴 바에야 차라리 낙타에게 사랑받는 편이 백번 낫겠다. 어떤 못된 악녀가 있다고 치자. 그런데 그 못된 악녀가 가령 나를 좋아한다고 해서 내가 기분 좋아할 것이라고 생각한다는 것은 당치도 않은 일이다. 자존심이 그런 것을 용납하지 않는 것이다. 나는 일찍부터 개의 광포한 맹수성을 간파하고는 못마땅하게 여겨왔다. 기껏해야 하루에 두 번 먹다 남은 밥을 얻어 먹기 위해 친구를 배신하고, 아내와 헤어지고, 내 몸뚱이 하나만 편해지자고 주인집 처마 밑에 늘어져 지내면서 지난날의 친구에게 짖어대고 형제, 부모마저도 깨끗이 잊어버린 채 오직 집주인의 안색만을 살피면서 온갖 아첨을 다 떨며 도대체가 수치라는 것을 모른다. 어디 그뿐인가. 주인에게 얻어맞기라도 하면 '깨갱' 하고 죽는 소리를 내고는 꼬리를 내려 항복했다는 시늉을 해 보인다. 그러면 주인집 식구들은 그런 꼬락서니를 재미

있어 하면서 모두들 깔깔대며 웃는다. 아무리 개라 해도 이건 정신 상태가 너무 비열하다. '개새끼'라는 말을 들어도 싸다는 생각이 든다. 개들은 하루에 백 리 정도는 거뜬히 주파할 수 있는 건강한 다리를 가지고 있다. 또 사자도 쓰러뜨릴 수 있는 예리한 이빨을 가지고 있으면서도 나태하고 천한 근성을 거침없이 드러낸다. 도무지 긍지 같은 것도 없이 인간에게 굴복한 채 예속돼 있다. 그러고는 동족끼리 적대하며 만나기만 하면 서로 으르렁대며 물고 뜯으면서 인간의 비위를 맞추려고 애쓴다. 참새를 보라. 무기 같은 거라곤 하나도 가진 것 없는 연약한 날짐승이면서도 자유를 누리기 위해 인간계와는 전혀 별개의 작은 사회를 영위해나가면서 같은 무리들끼리 노래 부르며 즐겁게 살고 있지 않은가. 생각하면 생각할수록 개는 근성이 더러운 게 정말 싫다. 어쩐지 나를 닮은 데도 있는 것 같아 더더욱 싫다. 견딜 수 없이 싫다. 그런 개들이 특별히 나를 좋아하면서 나만 보면 꼬리를 흔들고 따르는 것을 보면 참으로 낭패가 아닐 수 없다. 내가 개의 맹수성을 너무 겁낸 나머지 저들에게 쓸데없이 아첨하는 미소를 흩뿌리며 다니다보니 개들이 나를 마치 친구라도 하나 새로 생긴 양 곡해하게 된 것 같다. 어떤 일에든 절도 있는 행동거지가 필요하다. 그러나 나는 아직도 절도 있는 행동을 잘 모르고 있다. 그 바람에 이런 한심한 결과를 가져오게 된 게 아닌가.

이른 봄의 일이다. 저녁을 먹기 전에 나는 바로 근처에 있는 연병장까지 산책하러 갔다. 그때 개 두서너 마리가 내 뒤를 졸졸 따라왔다. 그러자 나는 이 개들이 느닷없이 내 발뒤꿈치를 물어뜯을 것만 같아 죽은 목숨이 된 기분이었다. 하지만 이런 일은 자주 겪는 일이어서 토끼처럼 잽싸게 도망치고 싶은 충동을 간신히 억누르며 느릿느릿 걸었다. 개들은 나를 따라오면서 서로 싸움질을 하기도 했지만 나는 애써 뒤돌아보지도 않는 채 걸었다. 그러나 속으로는 만약 권총이라도 갖고 있다면 망설일 것 없이 모조리 탕탕 쏴 죽이고 싶은 심정이었다. 개들은 내 얼굴이 겉으로는 보살처럼 인자하게 보이겠지만 마음속은 간악하기 짝이 없는 인간이라는 것도 모르는 채 계속 따라온다. 연병장을 한 바퀴 돌 동안에도 개들은 여전히 나를 따랐고, 좀 후에 나는 발길을 다시 집으로 돌리기 시작했다. 집으로 향하면 그때까지 졸졸 따라오던 개들도 도중에 어디론가 사라져버리곤 하는 것이 지금까지 있어왔던 일이다. 그런데 어찌 된 노릇인지 그날따라 줄

기차게 끝까지 따라오는 개 한 마리가 있었다. 볼품이라곤 하나도 없는 새까만 강아지다. 몸통 길이가 다섯 치 정도밖에 안 돼 보였다. 하지만 강아지라고 해서 마음을 놓아서는 안 된다. 이빨은 이미 생겨날 대로 생겨나 있을 게 틀림없다. 잘못 물렸다가는 친구처럼 3주일 간, 그러니까 21일 정도는 병원에 다녀야 될지도 모른다. 게다가 이처럼 어린 강아지는 상식이 없기 때문에 변덕스럽다. 더욱 조심해야 한다. 강아지는 앞서거니 뒤서거니 내 얼굴을 할금할금 올려다보며 내 집 현관까지 따라왔다.

"여보, 반갑지 않은 게 따라왔어."

"어머, 귀여워라."

"귀엽긴…. 쫓아버려! 거칠게 다루다간 물지도 모르니까 조심해."

강아지는 내가 저를 겁내고 있다는 것을 알아차리고는 그 뒤 뻔뻔스럽게도 내 집에 진을 치고 3월, 4월, 5월, 6, 7, 8, 가을바람이 불기 시작한 오늘에 이르기까지 내 집에 그대로 머물며 살고 있는 것이다. 나는 이 개 때문에 얼마나 속을 썩였는지 모른다. 이러지도 저러지도 어떻게 할 수가 없었다. 달리 해볼 방법이 없었다. 나는 하는 수 없이 이 개를 '포치'라고 부르며 반년이나 한 집에서 같이 지내고 있는 것이지만 이 개가 우리 집 한식구라는 생각은 아직까지도 들지 않는다. 내 집 식구다, 하는 식으로 마음에 와닿지가 않는다. 언제나 서로의 심리를 꿰뚫어보기 위해 불꽃을 튕기며 싸우고 있다. .

처음에 포치가 우리 집에 왔을 때는 어린 강아지였다. 그때는 땅바닥을 기어다니는 개미를 신기한 눈으로 관찰하거나, 두꺼비를 보고는 무서워하며 비명을 지르기도 했다. 그런 포치를 보면서 나도 모르게 웃음을 터뜨리곤 했다. 어쨌든 고약한 놈이긴 하지만 이것도 다 신의 뜻으로 우리 집을 찾게 된 것이라고 생각한 나는 툇마루 밑에 잠자리를 마련해주었고, 녀석이 먹기 좋게 음식을 부드럽게 삶아서 주기도 했다. 또 벼룩약도 온몸에 자주 뿌려주었다. 하지만 한달쯤 지나자 더 이상 보아줄 수 없을 만큼 버르장머리가 없어졌다. 서서히 잡종의 본성을 발휘하기 시작한 것이다. 천한 놈이다. 원래 이 개는 연병장 구석에 버려진 똥개다. 내가 산책하러 연병장에 갔다가 처음 이 개를 만났을 때는 볼품사나울 정도로 바싹 말라 비틀어져 있는 게 듬성듬성 온몸의 털이 빠져 있었고 엉덩이 쪽은 털이 거의 벗겨져 있었다. 나 같은 사람이나 되니까 이 강아지에게 과자도 주고, 죽도 끓여주고, 또 험한 말 한마디 하는 법 없이 다루어준 것이다. 다른 사람이었다면 그 즉시 발길로 걷어차 쫓아냈을 것이다. 내가 이처럼 놈을 친절하게 대해주는 것도 사실은 놈에게 애정을 품고 있어서가 아니다. 개에 대해 선천적으로 증오심을 품고 있는데다가 공포심 때문에 귀여워하는 척 토닥거려준 것뿐이다. 그러나 어찌 되었든 나 때문에 이 포치는 털도 가지런히 자라나게 되면서 제법 개답게 성장하게 된 것이 아닌가. 나는 내가 놈에게 약간의 은혜를 베풀었다고 해서 무슨 생색을 내려는 것은 아니다. 하지만 그런 은혜에 꼭 보답해야 된다는 것은 아니더라도 적어도 우리 가족들에게 어떤 즐거움 같은 것은 간혹 보여줄 수도 있는 문제가 아닌가 하는 생각이 들었다. 그러나 역시 버려진 개는 버려진 개였다. 아무짝에도 쓸모가 없었다. 엄청 많은 밥을 먹은 후 운동이라도 할 요량인지 신발을 장난감으로 알면서 물어뜯으며 놀거나, 앞마당에 널어놓은 빨래들 좀 거둬달라고 누가 부탁한 적도 없는데 잘근잘근 물어서 끌어내리고는 흙투성이가 되게 만들어놓는다.

"그런 짓하면 못써. 누가 널더러 빨래 거둬달라고 했어?"

나는 속으로 분통이 터졌지만 애써 부드러운 투로 싫은 소리를 하기도 했다. 그러나 개는 흘끔흘끔 곁눈질을 하고는 저를 그토록 싫어하는 나를 향해 오히려 장난질을 하기 시작한다. 나는 이 개의 후안무치한 행동에 질려 버렸다. 날이 갈수록 녀석은 무능함을 드러냈다. 무엇보다도 생긴 모양이 좋지 않았다. 어렸을 때는 몸의 균형도 잡혀 있으면서 그나마 괜찮은 피가 섞여 있어 보이는 구석도 없진 않았는데, 그게 아니었다. 몸통만이 비죽비죽 길게 자라고 손발은 무척 짧다. 거북이 같다. 그러니 좋게 보아줄 수가 없었다. 그런 흉한 꼴을 하고 있으면서 내가 외출할 때면 언제나 그림자처럼 따라왔다. 나중에는 지나가던 아이들까지도 이 놈을 보고는, "개가 뭐 저렇게 생겼어." 손가락질을 하며 놀려대기까지 했다. 그럴 때면 허세 부리기를 좋아하는 나는 더욱 난감해진다. 이 개는 나하곤 상관없는 개인 것처럼 빠른 걸음으로 걸어가기도 하지만 포치는 내 곁에서 좀처럼 떨어지지를 않는다. 오히려 내 얼굴을 힐끔힐끔 뒤돌아보며 앞서거니 뒤서거니 졸졸 따른다. 그러니 누가 보더라도 나와 포치는 남남이라고 볼 수 없게 된다. 주종(主從) 관계에 있는 사이로 보게 마련이다. 때문에 나는 외출할 때면 언제나 기분이 우울해진다. 그런데 얼마 후부터 포치가 마침내 맹수의 본성을 드러내기 시작했다. 싸움을 좋아하게 된 것이다. 나를 따라 길을 걷다가 거리에서 만나는 모든 개들에게 싸움을 걸려 한다.

포치는 다리도 짧고 어린 편인데도 싸움만은 제법인 것 같았다. 언젠가는 빈터에서 놀고 있던 다섯 마리나 되는 개들에게 겁 없이 덤벼들어 싸웠을 때는 정말 위험천만하게 보였는데 그래도 용케 몸을 피해 위기를 모면했다. 자신감이 대단한 놈이어서 어떤 개에게든 덤벼든다. 때로는 기세가 꺾여 멍멍 짖어대기만 하면서 슬금슬금 도망칠 때도 있긴 있다. 한 번은 덩치가 송아지만한 셰퍼드에게 덤벼든 적이 있는데 그때 나는 정말 파랗게 질려버렸다. 하지만 셰퍼드는 강아지를 앞발로 툭툭 차며 장난만 쳤을 뿐 상대해주질 않아 목숨이 붙어 있을 수 있었다. 개는 한 번 그렇게 혼이 나다보면 기가 꺾이는 모양이다. 그 뒤 놈은 그토록 좋아하던 싸움을 피하게 됐다. 나는 싸움질하는 것을 좋아하지 않는다. 아니, 좋아하지 않는 정도가 아니다. 거리에서 야수들이 싸움질하는 것을 방치한다는 건 문명국의 치욕이라고 생각하는 사람이다. 때문에 거리에서 캥캥거리며 와자지껄 울부짖어대는 개들의 야만스런 소리를 듣고 있으면 모조리 죽여버려도 시원치 않은 증오심을 느끼게 된다. 나는 포치를 사랑하지 않는다. 두려워하거나 증오하면 증오했지 절대로 사랑하거나 좋아하지 않고 있다. 죽어주었으면 얼마나 좋을까 생각하기도 한다. 내 뒤를 졸졸 따르는 것은 마치 그렇게 따르는 행위야말로 사육되고 있는 자의 의무라고 생각하는 모양인지 길거리에서 만나는 개란 개에겐 일체 근접 못하게 반드시 극성스레 짖어대는 것인데, 그럴 때마다 주인인 나는 공포심으로 얼마나 떨게 되는지 모른다. 자동차라도 불러세워 잽싸게 올라탄 후 문을 쾅 닫고 쏜살같이 도망치고 싶은 심정이다. 개끼리 싸움질하다가 그것으로 끝내는 것이면 몰라도 만일 상대방 개가 흥분한 나머지 눈이 뒤집혀 포치 주인인 나한테 덤벼들기라도 한다면 어떻게 되겠는가. 그런 일이 없다고는 장담하지 못한다. 피에 굶주린 맹수다. 무슨 일을 저지르게 될지 알 수 없다. 잘못했다가는 참혹하게 물려 3주일 간, 즉 적어도 21일 간은 병원 신세를 지게 될지도 모른다. 개싸움은 지옥이다. 나는 기회 있을 때마다 포치에게 타일렀다.

"싸워서는 안 돼. 싸울 테면 내 눈에 띄지 않는 데서

22

싸우라고. 난 너를 좋아하지 않아."

포치도 조금은 알아차리는 것 같았다. 내가 이렇게 타이르자 약간 풀이 죽어 보인다. 그런 포치의 꼴이 어쩐지 으스스 기분 나쁘게만 느껴진다. 내가 되풀이하여 타이른 충고가 먹혀들어간 때문인지, 아니면 셰퍼드에게 덤벼들었다가 꼴사납게 참패한 때문인지 놈은 비굴할 정도로 온순해지기 시작했다. 나랑 길을 걸어가다가 다른 개가 놈에게 짖어대기라도 하면 녀석은,

"그러지 마, 그렇게 짖어대면 난 싫다고. 넌 정말 야만스런 개로구나."

상대방 개를 이렇게 나무라기라도 하듯, 그리고 자기는 의젓한 개라는 것을 나에게 알려주려는 듯이 몸을 한번 부들부들 떨어 보이는가 하면, 그 개를 향해, "넌 정말 구제할 수 없는 놈이로군." 하고 무척 딱하게 생각하는 듯 곁눈질로 흘겨본다. 그러고는 나의 안색을 살피면서 '헷헷헷' 아첨하는 웃음을 흘리는 것만 같아 나는 정말 비위가 상했다.

"이놈의 개는 도대체가 마음에 드는 데라곤 하나도 없어. 내 눈치만 살살 살피는 게 영…."

"당신이 너무 잘 보살펴주기 때문에 그런 거죠."

아내는 처음부터 포치에겐 관심이 없었다. 세탁물 같은 것을 더럽히기라도 하면 그때 당장은 투덜거렸지만 조금 후엔 깨끗이 잊어버리고는 '포치, 포치' 불러대면서 먹이를 주곤 했다. "성격 파탄이 되는 건 아닌지 모르겠네요." 하면서 웃는 것이었다.

"제 주인을 닮아간다는 얘기야?" 나는 불쾌했다.

7월 들어 이변이 생겼다. 우리는 도쿄 미타카 마을에 한창 짓고 있는 어느 작은 집 한 채를 알게 되었는데 그 집이 완성되는 대로 한 달에 이십사 엔을 주고 빌리기로 집주인과 계약서를 쓴 바 있었고, 그래서 서서히 이사 준비를 하고 있었던 터였다. 그리고 집이 완공되면 집주인이 속달로 알려주기로 되어 있었다. 포치는 물론 버리고 가기로 했다.

"데리고 가도 괜찮은데."

아내는 포치를 별로 문제 삼으려 하지 않는다. 데려가도 그만 안 데려가도 그만인 것이다.

"안 돼. 난 포치가 귀여워서 기르고 있는 게 아냐. 개한테 잘못 보여 복수라도 당할까봐 그게 겁이 나서 할 수 없이 집에 놔두고 있는 거야. 당신은 이해가 잘 안 되는 모양이지?"

"하지만 당신은 포치가 안 보이면 포치 어디 간 거냐며 소란을 부리잖아요?"

"개가 보이지 않으면 그럴수록 기분이 더 나빠지기 때문에 그런 거야. 나 몰래 뒷구멍에서 동지들을 규합하고 있는 건지도 몰라. 놈은 내가 절 무시하고 있다는 걸 알고 있는 거야. 개들은 복수심이 강하다는 말 들은 적도 있다구."

지금이야말로 절호의 찬스라고 생각했다. 이 개를 깜박 잊어먹은 척 이대로 여기다가 내버려두고는 일찌감치 기차를 타고 도쿄로 떠나버리면 설마 제 놈이 사사고 고개를 넘어 미타카 마을까지 쫓아오지는 못할 것이다. 우리는 포치를 버린 것이 아니다. 데리고 가야 될 것을 깜박 잊은 것뿐이다. 그러니 죄가 될 리 없다. 또 포치가 우리를 원망해야 할 까닭도 없다. 여길 떠나면 복수도 당하지 않게 된다.

"괜찮을 거야. 놔두고 간다 해서 굶어죽거나 하는 일은 없겠지 뭐. 죽은 자의 원령이 빌붙는다는 말도 있으니까 악행을 해선 안 되지."

"원래 버려진 개였으니까요." 아내도 약간 불안해하는 눈치다.

"맞아, 굶어죽진 않을 거야. 어떻게든 잘 살 거야. 저런 개를 도쿄로 데려갔다가는 친구들 보기에 창피하단 말야. 몸통이 너무 긴 게 보기도 싫어."

포치는 역시 두고 가기로 결정됐다. 그러자 묘한 일이 벌어졌다. 포치가 피부병에 걸린 것이다. 이 피부병이 보통 심한 게 아니다. 차마 형언하기조차 꺼려질 만큼 흉측스런 병이다. 때마침 내리 퍼붓는 극심한 더위까지 겹쳐 지독한 악취가 풍겼다.

이번에는 아내가 두 손을 들었다.

"저런 개를 그냥 두고 가면 동네에서 뭐라고들 하겠어요. 죽여버리죠."

이럴 때 여자는 남자보다 냉혹하고 배짱도 세다.

"죽여버리자고?"

나는 섬뜩해졌다.

"조금 더 두고 보는 게 어때?"

우리는 미타카의 집주인으로부터 속달 우편이 오기만을 기다리고 있었다. 7월 말이면 건축이 완공돼 이사할 수 있을 것이라는 게 집주인 얘기였는데 7월이 다 가도록 소식이 없어 어떻게 된 일인가를 편지로 알아보고 있을 때 포치가 피부병에 걸리게 된 것이다. 포치는 보면

볼수록 무참해 보였다. 포치도 제 꼴이 흉하다는 것을 알고 창피스러워졌는지 어두운 곳을 좋아하게 되었는데 가끔 현관 근처 양지바른 곳을 찾아다니며 그런 데에 축 늘어져 눕는 일이 많아졌다. 그런 포치를 보고 내가,

"꼴이 왜 그 모양이니? 정말 더럽구나."

욕을 하면 놈은 재빨리 일어나 목을 늘어뜨리곤 툇마루 밑으로 살금살금 기어들어가버린다.

그러면서도 내가 외출할 때면 어김없이 어디선가 소리 없이 나타나 나를 따라오려 한다. 이런 괴물 같은 게 쫓아오게 내버려둘 수는 없다 싶어 나는 그럴 때마다 놈을 잠자코 바라본다. 입가에 비웃음을 흘리며 한참을 그렇게 바라본다. 나의 이런 제스처는 효력을 발휘했다. 놈은 자기 꼴이 흉하다는 사실을 그 순간 깨닫게 되는 모양인지 고개를 축 늘어뜨리고는 어디론가 자취를 감춰버린다.

"여보, 나 못 참겠어요. 내 몸까지 근질근질해지는 거예요."

아내는 때때로 나에게 이렇게 호소했다.

"될 수 있으면 보지 않으려고 하는데, 어쩌다 한 번 보게 되면 몸뚱이가 가려워져서…. 꿈에까지 나타나는 거

예요."

"조금만 더 견뎌보자고."

참을 수밖에 없는 일이라고 생각했다. 놈이 병들어 있더라도 상대는 일종의 맹수다. 잘못 건드렸다가는 물린다.

"내일이라도 미타카에서 소식이 올지 몰라. 이사해버리면 그만이야."

미타카의 집주인에게서 답장이 왔다. 그리고 편지를 읽어보곤 맥이 풀렸다. 비가 매일같이 오는 바람에 벽이 마르지 않는데다 일꾼도 모자라서 공사가 끝나려면 아무래도 열흘은 더 걸릴 것 같다는 통보였다. 나는 넌더리가 났다. 포치를 보지 않기 위해서라도 빨리 이사 가고 싶었다. 나는 일도 손에 잡히지 않았고, 그래서 잡지 따위를 뒤적거리거나 술을 마시거나 하면서 지냈다. 포치의 피부병은 날이 갈수록 더욱 심해졌고 내 피부까지 근질거리기 시작했다. 깊은 밤에 밖에서 놈이 몸이 가려워 푸드득거리며 몸부림치는 소리를 내기라도 하면, 나는 얼마나 소름이 끼쳤는지 모른다. 그래서 단숨에 죽여버리려고 마음먹은 적도 여러 번 있었다. 집주인에게서는 앞으로 20일 간은 더 기다려야 되겠다는 편지가 다시 왔다.

나는 화가 났다. 이처럼 일이 꼬이게 되는 것은 모두 포치 때문이라고 생각하고는 녀석을 저주했다. 뿐만 아니라 어느 날 밤 내 잠옷에 개벼룩이 옮겨진 것을 알게 되고 나서는 더 이상 참을 수가 없어 마음속으로 중대한 결심을 했다. 죽이기로 한 것이다.

상대는 무서운 맹수다. 여느 때 같으면 나는 그런 으스스한 결심은 감히 하지도 못했을 것이다. 하지만 분지 지방 특유의 혹서로 정신이 이상해지려는 것 같은 상태였고, 또 하는 일 없이 매일 멍하니 지내면서 집주인으로부터 연락오기를 기다리고 있는 하루하루가 지겨운데다 불면 증세까지 겹쳐 미칠 것만 같은 지경이었으니 별별 생각이 다 들게 되었던 것 같다. 개벼룩을 발견하게 된 날 밤, 나는 아내에게 즉시 쇠고기 덩어리를 사오도록 시키고, 나는 약국에서 모종의 약품을 소량 구입했다. 이것으로 준비는 끝낸 셈이다. 아내는 약간 흥분하고 있었다. 우리 부부는 그날 한밤중에 작은 목소리로 거사를 상의했다.

이튿날 새벽 네 시에 나는 잠에서 깼다. 시간을 맞춰둔 괘종이 울리기도 전에 눈이 떠졌다.

마침내 날이 밝았다. 나는 으스스 추운 기운을 느끼며

보따리 하나를 들고 집을 나섰다.

"끝까지 보지 말고 중간에 집에 돌아오도록 해요."

아내는 현관 앞마루에 서서 나를 배웅하며 말했다. 무척 차분해 보였다.

"알았어. 걱정 마. 포치, 따라와!"

녀석은 내 목소리를 듣더니 꼬리를 흔들며 툇마루 밑에서 기어나왔다.

"따라와, 빨리!"

나는 빠른 걸음으로 걷기 시작했다. 오늘은 내가 제 몸뚱이를 짓궂을 정도로 이리저리 뜯어보거나 하는 일이 없다보니까 놈도 제 몸이 흉하다는 것을 그만 잊어버리고는 부리나케 나를 따라나섰다. 안개가 자욱했다. 거리는 쥐 죽은 듯 조용하다. 나는 연병장을 향해 급히 걸었다. 도중에 무시무시하게 덩치가 큰 빨간 털을 가진 개가 포치를 보곤 맹렬히 짖어댔다. 포치는 점잔을 빼는 모습으로 왜 그렇게 소란을 피우는 거냐고 사뭇 나무라기라도 하듯 빨간 털의 개를 멸시하는 눈초리로 흘끔 바라볼 뿐 잰걸음으로 그 개 앞을 그대로 지나가버렸다. 빨간 털의 개는 비열한 놈이었다. 갑자기 포치의 등 뒤로 바람처럼 달려들어 포치의 고환을 물어뜯으려고 노렸다. 순간 포치는 몸뚱이를 빙그르르 돌려 내 얼굴을 살며시 올려다봤다. 어떻게 했으면 좋겠는가를 물어보려는 눈치였다.

"싸워!"

나는 큰소리로 명령했다.

"저 갠 비겁한 놈이다! 마음대로 해봐!"

명령이 떨어지자 포치는 한 번 크게 몸을 털어 보이더니 빨간 털을 향해 쏜살같이 파고들었다. 두 마리 개는 서로 엉켜 한동안 격투를 했다. 빨간 털의 개는 포치보다도 몇 배 더 큰 덩치를 하고 있었지만 포치를 당해내지 못했다. 이윽고 빨간 털의 개가 '캥캥' 비명 소리를 지르며 도망쳤다. 그렇게 엉켜 싸우면서 포치의 피부병까지 덤으로 가져가게 됐는지도 모른다.

싸움이 끝나자 나는 한숨을 돌렸다. 손에 땀을 쥐며 지켜보던 것이다. 두 마리 개가 싸움질하는 것을 보면서 나도 개싸움에 말려들게 되었다가 죽게 되는 건 아닌가 하고 한순간 겁에 질리기까지 했다.

"난 물려 죽어도 좋단 말이다. 그러니 포치야, 네 마음대로 싸워봐!"

나는 힘주어 중얼거리고 있었던 것이다.

포치는 도망치는 빨간 털을 조금 추격하다가 단념했다. 그러고는 내 얼굴을 잠시 살피다가 갑자기 기가 죽어 가지고는 목을 늘어뜨려 내가 서 있는 쪽으로 천천히 되돌아왔다.

"장하다! 잘 싸웠어!"

나는 포치를 칭찬해 주면서 다리를 건넜다. 연병장은 바로 거기 있었다.

포치는 전에 이 연병장에 버려져 있었다. 그러니까 다시 또 이 연병장에 돌아온 것이다. 네 고향에서 죽도록 하는 게 좋겠다.

나는 저만치 걷다가 그 자리에 섰다. 그러고는 쇠고기 덩어리를 내 발 아래 떨어뜨리며,

"이거 먹어."

나는 포치를 보고 싶지 않았다. 멍하니 거기 선 채 "포치, 먹어." 발아래서 쩝쩝대며 먹는 소리가 들린다. 포치는 1분도 못 가서 죽을 것이다.

나는 새우등이 되면서 천천히 걸었다. 안개가 자욱하다. 바로 눈앞의 산이 희뿌옇게 보일 뿐이다. 미나미 알프스 연봉(連峯)도, 후지산도 보이지 않는다. 아침 이슬로 신발이 흠뻑 젖어 있다. 나는 등을 더욱 구부려 느릿

느릿 걸었다. 다리를 건너 중학교 앞까지 왔을 때 뒤를 한 번 돌아보자 거기 포치가 있었다. 볼 면목이 없다는 듯 목을 늘어뜨려 내 시선을 살며시 피한다.

나도 이젠 어엿한 어른이다. 쓸데없는 감상은 필요치 않았다. 나는 즉시 사태를 파악했다. 약효가 없었던 것이다. 나는 고개를 끄덕이며 모든 것을 없었던 일로 돌리기로 결심했다. 집에 돌아오자,

"안 되겠어, 약효가 없는 거야. 살려주자구. 포치에겐 죄가 없었던 거야. 예술가는 원래 약자 편이 돼야 하는 것 아니겠어?"

나는 집으로 돌아오면서 생각하던 것을 아내에게 그대로 옮겨 말했다.

"예술을 한다는 자는 약자 편에 서야 돼. 예술가에게 이런 사상이야말로 출발점이 돼야 하며 또 최고의 목적이 되는 거야. 이런 단순한 진리를 나는 잊고 지냈어. 나만 그랬던 게 아니지. 모두들 잊고 있는 거야. 난 포치를 도쿄로 데리고 가겠어. 만일 친구들이 포치 생긴 걸 보고 비웃는다면 후려갈길 거야. 달걀 있어?"

"있어요."

아내는 근심스런 표정이었다.

"포치에게 줘. 두 개 있으면 두 개 다 주고. 그리고 당신도 좀 참도록 해. 피부병 같은 건 조금만 신경 쓰면 나을 수 있는 병이야."

"알았어요."

아내는 여전히 근심 어린 표정이었다.

여치

헤어지겠어요. 당신은 거짓말만 해왔으니까요. 나한 테도 잘못은 있겠지요. 하지만 난 내가 뭘 잘못했는지 모르겠습니다. 나도 이젠 스물넷이에요. 이 나이가 되고 보니 저의 어떤 점이 잘못이라고 누가 지적해줘도 지적해 준 대로 고치지는 못할 것 같아요. 한 번 죽어서 예수님처럼 다시 부활이라도 하는 것이라면 고쳐질지도 모르겠지만요.

나는 당신이 무섭습니다. 이 세상을 살아가려면 아마도 당신이 살아가는 방식처럼 살아가는 게 옳은 것인지도 모르겠어요. 하지만 난 도저히 그렇게는 살 수 없을 것 같아요. 내가 당신과 결혼한지도 어느덧 5년이 되어 갑니다. 열아홉 살에 선을 보고 거의 맨몸으로 당신께 갔었지요. 지나간 일이니 말씀드리지요. 아버지와 어머니는 우리들 결혼을 무척이나 반대하셨어요. 대학에 갓 입학한 남동생만 해도 "누나 괜찮겠어?" 하고 나이에 비해 어른스런 말투로 당신과 결혼하는 것을 불안해했었어요. 당신이 기분 나빠할까봐 지금까지 입을 다물고 있었지만, 그 무렵에 두 군데서 맞선자리가 더 들어왔었거든요.

이젠 기억도 희미하군요. 한 분은 도쿄대학 법학과를 졸업했다고 하는 세상 물정 모르는 도련님 같은 사람이었어요. 외교관이 목표라는 남자였어요. 그 남자 사진도 받아봤어요. 낙천가처럼 밝은 얼굴이었어요. 이케부쿠로에 사는 우리 큰언니가 소개해준 사람이었죠.

다른 한 분은 아버지 회사에 다니는 서른 살쯤 된 기사였어요. 5년 전 일이라서 기억이 가물가물한데 굉장한 집안의 맏들이라고 들었어요. 사람 됨됨이도 틀림없다는 소문이 자자했죠. 아버지는 그분을 무척 마음에 들어하셨고, 어머니도 그만하면 됐다고 말씀하셨어요. 이분 사진은 따로 본 적이 없는 걸로 기억합니다.

이런 이야기가 당신에겐 재미가 없겠지만, 실제로 이

런 일이 있었음을 알리기 위해 한 번 적어본 거예요.

이제 와서 지난 일들을 끄집어내는 것은 당신에게 짓궂은 짓이라도 한 번 해보고 싶어서 그러는 게 아닙니다. 믿어주세요. '다른 좋은 남자에게 시집갔으면 좋았을 텐데 괜히 당신 같은 남자에게…' 같은 부정한 생각은 해본 적이 없어요. 진심입니다.

그때나 지금이나 나는 당신 아닌 다른 남자와 결혼할 생각은 추호도 없었어요. 이건 진실이에요. 도쿄대학 법학과 출신이라던 그 외교관 지망생 얘기가 나왔을 때 아버지와 어머니, 그리고 큰언니는 일단 그 남자와 한 번 만나보기라도 해보라고 권했습니다. 하지만 왠지 그런 만남을 가진다는 것 자체가 일방적인 결혼을 전제로 하는 것 같은 생각이 들어서 주저하며 대답을 차일피일 미뤘던 거예요. 그런 사람과는 결혼할 생각이 전혀 없었기 때문이죠. 아버지나 어머니, 그리고 주위 분들 말마따나 그 정도로 나무랄 데 없는 사람이라면 굳이 내가 아니더라도 좋은 신붓감은 얼마든지 있을 테니까, 라고 생각했어요. 그리고 마침 당신에게서도 혼담이 들어왔습니다.

하지만 황당하기 짝이 없는 이야기여서 부모님은 처음부터 말 같지도 않게 여기셨던 거예요. 그럴 수밖에 없는 것이 골동품상인 단바 씨가 아버지 회사에 그림을 팔러 왔다가 언제나처럼 잡담을 늘어놓은 다음 가져온 그림 하나를 가리키며 "이 그림을 그린 청년은 머잖아 유명한 화가가 될 겁니다. 그러니 어떠세요, 따님과 한 번 만나보게 하는 것이." 하고 농담인지 진담인지 알 수 없는 말을 흘렸고, 그날 아버지는 혼담 얘기는 적당히 흘려들으시고 그림만 구입해서 회사 응접실에 걸어놓으셨다고 합니다. 그런데 며칠 후 단바 씨가 또 찾아와서 정식으로 중매를 서겠다고 나섰으니 아버지와 어머니는 그 황당함을 감출 수가 없으셨던 거예요.

정말 무례한 짓이었어요. 그런 부탁을 받은 단바 씨도 단바 씨지만 단바 씨에게 그런 식으로 중매를 부탁한 사람도 형편없는 인간임에 틀림없다며 부모님은 어처구니가 없어 그냥 웃기만 하셨대요. 나중에서야 당신을 통해 당신은 단바 씨에게 중매를 서달라고 부탁한 적도 없고, 단바 씨가 독단으로 당신을 위해 좋은 일 한 번 해보자는 식으로 당신 의사는 묻지도 않고 중매에 나섰다는 걸 알게 되었지요. 단바 씨에겐 여러 가지로 도움을 많이 받았어요. 우리는 그걸 잊어서는 안 돼요. 당신이 이만큼 출세하게 되기까지 단바 씨의 공이 제일 컸다고 해도 지나

침이 없어요. 그분은 당신을 위해 장사를 떠나 발벗고 나섰으니까요. 그만큼 당신을 장래가 유망한 청화가로 인정해주셨다고 봐야 해요. 당신은 앞으로도 단바 씨의 공을 잊어서는 안 돼요. 나는 그때 단바 씨의 무리한 중매 부탁 얘기를 듣고 약간 놀라면서도 당신이라는 사람이 궁금해졌어요. 딱히 이유는 모르겠지만 마음이 설레었어요.

어느 날 나는 아무도 모르게 아버지 회사에 찾아갔어요. 당신이 그렸다는 그림이 보고 싶어서요. 이런 이야기를 당신에게 했었는지 모르겠군요. 아버지에게 볼일이 있어 회사에 찾아온 것처럼 꾸며 응접실로 들어가 당신 그림을 유심히 관찰했습니다. 그날은 무척 추웠어요. 온기라곤 찾아볼 수 없는 넓은 응접실 한구석에 서서 오돌오돌 떨며 당신이 그린 그림을 보았어요. 자그마한 뜰과 볕이 잘 드는 양지바른 툇마루가 인상적이었어요. 툇마루에는 아무도 없었고, 흰 방석 하나만이 덩그러니 놓여 있었어요. 청색과 황색, 흰색이 전부인 그림이었어요. 당신의 그림을 보고 있는 동안 나는 더 이상 서 있을 수가 없을 만큼 온몸이 부들부들 떨렸어요. 이 그림은 내가 아니면 아무도 이해해줄 수 없는 그림이라고 확신했어요.

나는 진지하게 말하는 거예요. 그러니 '피식' 웃어버리
면 안 돼요.

그 그림을 보고 이틀 동안 낮밤으로 몸이 떨려 견딜
수가 없었어요. 당신과 결혼하는 것이 운명이라는 생각
이 들었습니다. 혹시 내 안에 나도 모르는 속된 감정이
있었던 건 아닌가 부끄러웠지만 어머니에게 당신과 결혼
하겠다고 말씀드렸어요. 어머니는 깜짝 놀라셨죠. 이미
각오한 일이어서 며칠 후 단바 씨가 우리 집에 오셨을 때
단바 씨에게 직접 말씀드렸습니다. 단바 씨는 큰소리로
"잘했어!" 외치며 자리에서 일어나시려다 바짓가랑이가
의자 모서리에 걸려 넘어졌지만 나도, 단바 씨도 웃음이
나오지 않았답니다. 그리고 무슨 일이 있었는지는 당신
이 알고 있는 바와 같습니다.

부모님은 날이 갈수록 당신을 좋지 않게 말씀하셨어
요. 당신이 시골에서 부모님 허락도 받지 않고 도쿄로 올
라온 뒤로는 당신 부모님은 물론이고 일가친척들까지 당
신을 상대하지 않고 있다는 등, 좌익에 몸 담았던 것 같다
는 등, 미술 학교를 제대로 졸업한 것인지도 미심쩍다는
등 어디서 듣고 오셨는지도 모르겠는 온갖 소문들을 저
에게 들려주며 당신과의 결혼을 만류하셨습니다.

하지만 단바 씨가 끝까지 도와주신 덕분에 우리는 만날 수가 있었던 것이지요. 당신을 만나기 위해 나는 어머니랑 B식당 2층으로 올라갔습니다. 당신은 나의 상상과 똑같은 모습을 하고 있었어요. 와이셔츠 소매가 깨끗했던 게 인상적이었죠. 차를 마시려고 찻잔을 들었지만 손이 자꾸 떨려서 혼났어요. 어머니는 당신이 담배만 열심히 피워대고 어머니에겐 별로 말씀도 하지 않은 게 못마땅하셨나 봐요. 인상이 나쁘다고 여러 번 말씀하셨어요. 더 볼 것도 없이 장래가 없다는 얘기셨어요. 하지만 난 이미 당신에게 시집가기로 마음을 굳힌 상태였어요. 그래서 떼를 쓰다시피 해서 억지로 결혼 승낙을 받아낸 거예요. 그리고 거의 맨몸으로 당신께 가게 되었죠.

요도바시에 있는 아파트에서 지낸 2년의 세월만큼 즐거운 나날은 없었어요. 매일처럼 내일은 또 어떻게 멋진 날을 보낼까, 어떻게 하면 뜻깊은 하루가 될까, 계획을 세우느라 가슴이 늘 벅차올랐죠. 당신은 전람회라든가, 대가의 이름 따위에는 관심도 없이 당신이 그리고 싶은 그림만 그렸어요. 우리가 가난하면 가난할수록 괜히 가슴이 설레어 그런 생활이 즐겁기까지 했습니다. 남들은 믿지 못하겠지만 사실이에요. 집에 돈이 떨어졌을 때는 있는 솜씨 없는 솜씨 다 발휘할 수 있어 더 재미있었어요.
갖가지 맛있는 음식을 발명해내는 일이 가슴 뿌듯하게
느껴졌었죠. 당신도 기억할 거예요.

하지만 이젠 틀렸어요. 사고 싶은 물건은 무엇이든 마
음대로 살 수 있게 되면 아무것도 상상할 수가 없게 되는
거예요. 시장에 가봐야 허무할 뿐이에요. 남들이 사는 물
건을 나도 똑같이 사들고 돌아오는 무력함이 고작이에
요. 당신이 갑작스레 유명해지면서 요도바시의 아파트에
서 미타카로 이사한 후부터 내 인생에서 즐거운 일이라
곤 하나도 없었어요. 없는 살림으로 이것저것 궁리해서
음식을 만들어 먹는 재미 같은 게 사라졌다는 뜻이에요.

당신은 원래 말주변이 없는 사람이었는데, 갑자기 말
을 잘하게 되었고, 나를 더 소중히 아껴주었지만 그럴수
록 나는 애완용 고양이가 된 것 같은 기분이 들어 괴로웠
어요. 내가 아는 당신은 이 세상에서 출세 따위에 관심이
없는 사람으로 여겨왔던 것입니다. 죽을 때까지 가난뱅
이이며, 자기 멋대로 그리고 싶은 그림만 그리고, 세상 사
람들의 조롱거리가 되고, 그래도 태연하게 고개를 숙이
지 않은 채 좋아하는 술이나 마시며 평생을 버텨낼 그런
사람이라고 생각했던 것입니다.

내가 바보였는지 모르겠군요. 하지만 한 사람 정도는 그런 아름다운 사람이 이 세상에 있을 것이라고 나는 그때나 지금이나 믿고 있습니다. 그 사람의 머리에 씌워진 월계관은 어느 누구의 눈에도 보이지 않는 것이어서 틀림없이 바보 취급을 받고 있을 것이고, 그 때문에 그를 낭군으로 맞아 그의 곁에서 그를 돌보려는 여자는 이세상에 없을 것 같아 차라리 내가 당신에게 시집가서 평생토록 헌신하며 돌봐주려고 했던 겁니다. 당신이 바로 그 천사일 거라고 생각했던 거예요.

내가 아니면 아무도 당신을 못 알아볼 거라고 생각했습니다. 그런데 어떻게 된 일일까요. 당신은 갑자기 유명해졌어요. 대단한 사람이 된 거예요. 기쁘기는커녕 어쩐지 창피스럽더군요.

나는 당신이 출세하는 걸 싫어하는 게 아니에요. 이상하리만큼 애처로운 감정과 비애를 느끼게 하는 당신의 그림이 날이 갈수록 많은 사람들의 사랑을 받게 되고 있음을 나는 얼마나 기뻐했는지 모릅니다. 눈물이 나올 만큼 기뻐했답니다. 당신이 요도바시의 다세대 주택에서 2년간 마음 내키는 대로 당신이 좋아하던 주택 뒤뜰을 그리거나, 심야의 신주쿠 거리를 그리며 지내다가 돈이 떨어졌을 때면 단바 씨가 찾아와서는 그림 두서너 장을 가져가는 대신 꽤 많은 돈을 그림 값으로 내놓고 가는 것이었는데, 그러면 당신은 단바 씨가 그런 식으로 그림을 갖고 가는 게 당신 마음에는 여간 쓸쓸한 일이 아니었던 것처럼 보였고, 또 그림 값 같은 것에는 도무지 무관심하기만 했습니다. 단바 씨는 올 때마다 나를 살짝 불러내고는 "자, 이걸 받아요." 하면서 흰 봉투를 내 허리띠 속에 찔러 넣어주시는 것이었어요. 당신은 언제나 모른 척했고, 나는 또 나대로 그 봉투 속에 돈이 얼마나 들어 있는가를 알아보려 하거나 하는 치사스런 짓은 하지도 않았습니다.

없으면 없는 대로 살아가려 했던 거죠. 단바 씨에게서 얼마를 받았다느니 하는 얘기를 당신에게 한 적도 없었습니다. 행여나 당신이 모욕감을 느낄까봐 걱정해서였어요.

나는 단 한 번도 당신한테 돈이 얼마가 필요하다느니, 제발 덕분에 이름 좀 날려주십사고 간청해본 적도 없었습니다. 당신처럼 어눌하고 또 외곬인 양반은 부자가 되긴 애초에 틀린 일이고, 또 절대로 유명해질 수도 없을 거라고 생각했던 거죠.

하지만 알고 보니 모두 내가 잘못 생각한 것이었어요. 당신은 바보인 척 꾸며 보인 것이었어요.

단바 씨가 당신에게 개인전을 상의하게 되었을 때부터 당신은 왠지 멋을 부리기 시작하더군요. 제일 먼저 치과에 다니기 시작했지요. 당신은 충치가 많아서 웃을 때 보면 꼭 영감님처럼 보였죠. 그래서 내가 치과에 가보라고 무던히도 권했지만 당신은 "이빨이 모두 벌레 먹어 빠지면 그때 가서 아예 틀니를 하면 된다. 그걸 쓸데없이 금니를 해 박아 이빨을 번쩍번쩍 빛나게 했다가 괜히 아가씨들이라도 따르게 되면 큰일 아니냐?"고 농담까지 하면서 이빨은 고치려 하지도 않았었죠. 그런데 개인전 얘기가 나오고부터는 무슨 바람이 불었는지 틈만 나면 치과에 가서 한두 개씩 금니를 박아 빛내며 돌아오게 된 겁니다. "이봐요, 웃어봐요!" 내가 말하면 당신은 수염이 덥수룩한 얼굴을 붉히면서 그놈의 단바 양반이 이빨이 보기 흉해 보인다고 하도 말이 많아 치과에 다녀온 것이라고 변명하는 것이었지요. 개인전은 내가 요도바시에서 지내게 되면서 2년째가 되는 가을에 열렸죠. 나는 뛸 듯이 기뻤습니다. 당신의 그림이 한 사람이라도 더 많은 분들에게 사랑을 받게 되는데 기쁘지 않을 수가 있겠어요.

그렇지만 신문에 당신에 대한 호평 기사가 나오고, 출품한 작품 모두가 인기를 끌며 팔렸다는 얘기와 고명하신 대가들로부터 격려하는 편지가 오는 등 너무나도 좋은 일들만 생기자 나는 어쩐지 두려워진 거예요. 전시회장에 구경하러 오라고 당신과 단바 씨가 그토록 말씀하셨지만 나는 온몸이 떨려 방안에 들어앉아 뜨개질만 하고 있었답니다. 당신의 그림 30여 폭이 주욱 걸려 있는 전시장에 수많은 사람들이 몰려와 감상하는 광경을 상상만 해도 나는 울고 싶어졌습니다. 이렇게 좋은 일이 너무 일찍 찾아오면 틀림없이 좋지 않은 일이 생길지도 모른다는 예감이 들어서였습니다.

나는 매일 밤 하느님께 사죄하는 기도를 드렸습니다. "행복은 이것만으로도 충분하오니 앞으로는 남편이 병 같은 것으로 고생하는 일이나 없도록 보살펴 주옵시고, 좋지 않은 일도 그에게 일어나지 않도록 그를 보호하여 주소서."라고 말이죠.

당신은 거의 매일 밤 단바 씨에게 끌려가 여러 대가들 댁에 인사하러 다니곤 했었죠. 이튿날 아침에 돌아올 때도 있었어요. 그렇더라도 나는 아무렇지 않게 생각했어요. 그런데 당신은 그렇게 이튿날 아침에 귀가하는 날이면 간밤에 있었던 일들을 자세하게 나한테 들려주면서 아무개 선생은 어떻고, 누구는 얼간이 같은 녀석이라며 당신답지 않게 너저분한 말들을 늘어놓는 것이었습니다. 나는 2년을 당신과 함께 살면서 당신이 남을 헐뜯는 말을 하는 것을 한 번도 들어본 적이 없었어요. 당신은 본디 바깥세상 일에 대해서는 무관심한 사람 아니었던가요. 뿐만 아니라 간밤에 집에 오지 못한 것이 무슨 떳떳치 못한 짓을 하느라고 못 들어온 게 아니라는 것을 은연중 나에게 납득시키려고 애를 쓰는 모습도 보였었죠. 그렇게 에둘러 변명하지 않더라도 나 역시 그런 떳떳치 못한 일쯤 짐작 못할 맹꽁이는 아니고, 그러니 그런 일이 있었다면 분명히 말해주는 것으로 아무것도 아닌 일이 되는 것이죠. 정말 외도를 한 것이라면 나도 하루쯤은 기분 나쁠 테지만 반나절이 지나면 잊어버릴 거예요. 어차피 당신 아내인데 어쩌겠어요. 그리고 나는 여자 문제에 관해서는 남자를 별로 믿지 않고, 당신을 의심하고 싶지도 않아요. 그런 문제라면 웃으며 넘길 수도 있겠지만, 실은 그보다 더 괴로운 문제가 생겼답니다.

우리는 갑자기 부자가 되었어요. 당신은 무척 바빠졌습니다. E회의 초빙으로 당신은 E회 회원이 되었습니다.

그리고 당신은 다세대 주택의 방이 작아서 남들 보기에 창피하다고 투덜대기 시작했습니다. 단바 씨도 이사하도록 연신 권하면서 이런 집에서 살면 세상 사람들이 얕보게 되고, 그리 되면 그림 값이 떨어지니 이참에 전세로라도 큰 집을 빌려 사는 게 어떻겠느냐고 권하셨지요. 그러자 당신도 "맞는 말씀입니다. 이런 집에서 사니까 인간들이 사람을 깔보더군요." 하고 상스럽게 대꾸하는 것이어서 한편으로는 놀랍고 슬프고 외로운 생각이 들었습니다. 단바 씨는 자전거를 타고 여기저기 집을 알아보다가 미타카에 있는 바로 이 집을 구해주셨습니다. 그리고 연말에 우리는 얼마 안 되는 짐을 꾸려 터무니없이 큰집으로 이사를 하게 된 것입니다. 당신은 나 몰래 백화점에서 이것저것 값진 가재도구들을 잔뜩 사서 집을 장식했습니다. 그 많은 새 살림살이들이 집으로 속속 배달되는 걸보고 나는 가슴이 철렁했고, 그러다가 좀 뒤엔 슬퍼지는 것이었습니다. 이래서야 흔히 보게 되는 벼락부자가 하는 짓거리와 다를 게 없는 거죠. 그러나 나는 애써 기쁜듯이 재잘대며 떠들어대야 했어요.

어느 사이엔가 내가 그토록 싫어하던 '안주인' 비슷한 신분의 여자가 된 것이었어요. 당신은 가정부를 두자고도 말했지만 나는 싫다고 했죠. 나는 남을 부리거나 하는 그런 호사를 누리기 싫었던 겁니다. 미타카로 이사 온 후 당신은 집들이 초대를 겸한 연하장을 자그마치 300장이나 찍어버렸습니다.

300장이라니, 언제부터 그렇게 아는 사람들이 많아진 걸까요. 나는 당신이 위험한 줄타기를 하는 것만 같아 겁이 났습니다. 틀림없이 좋지 않은 일들이 당신에게 곧 닥치리라고 걱정이 들기 시작했어요.

당신은 그런 세속적인 교제를 하면서 성공인지를 하게 될 사람은 처음부터 아니었습니다. 나는 평소 그렇게 확신하고 있었기 때문에 전전긍긍하며 하루하루를 불안한 마음으로 보내고 있었던 것인데, 어떻게 된 일인지 당신에겐 좋은 일들만이 계속 생겨났습니다. 그러고 보면 내가 잘못 생각하고 있었던 모양입니다. 우리 어머니도 때때로 이사 온 집에 찾아와 그때마다 무척 기분이 좋으신 표정을 지었습니다. 아버지도 회사 응접실 벽에 걸어놓았던 그 그림을 처음엔 보기 싫어하서서 회사 창고에 넣어두었었는데, 그림을 다시 꺼내 액자도 멋지게 고쳐 당신 서재에 걸어놓으셨다는 겁니다. 큰언니도 잘 해보라는 격려 편지를 보냈었죠. 손님들도 부쩍 많이 찾아오게 되었습니다. 응접실이 내방객들로 꽉 차는 일도 있었지요. 그럴 때면 당신의 웃음소리가 부엌까지 들려오곤 했답니다. 전에만 해도 당신은 너무나 말수가 적어 '아! 이 사람은 이것저것 다 알고 있으면서도 모든 게 시시해져 숫제 모르는 척 입을 다물고 있던 거구나.' 나는 그렇게만 생각하고 있었는데 실제로는 그렇지도 않은 것 같았지요. 당신은 손님들 앞에서 형편없는 말씀을 곧잘 하곤 했어요.

예를 들어 K씨라는 손님이 찾아와서 이런저런 이야기 끝에 B씨라는 화가의 그림을 비평했다고 가정하죠. 그리고 이튿날 다른 손님이 찾아오셨다고 합시다. 그러면 당신은 어제 찾아왔던 K씨라는 손님이 화가인 B씨를 비평했던 그 말이 바로 당신의 의견인 양 방금 찾아온 다른 손님에게 화가 B씨에 대해 비평이 아닌 혹평을 하는 것이었습니다. 또 내가 모파상의 소설을 읽고 내 나름으로 느낀 바를 당신에게 말하면 당신은 그 이튿날 찾아온 손님과 담소 끝에 "…그런데 모파상을 읽었더니 모파상도 역시 신앙에 대해선 두려워하고 있었더군." 하고 내가 한 말을 그대로 손님에게 하는 것이었어요. 차를 들고 응접실로 들어가려던 나는 당신의 그 말을 듣고 너무나 창피스러워 그 자리에 말뚝처럼 계속 서 있던 적도 있답니다. 모파상은 《여자의 일생》을 쓴 프랑스의 유명한 작가잖아요. 하긴 당신은 《여자의 일생》에 대해서는 알지도 못하고 있었어요. 이런 말을 해서 미안해요. 나도 아는 건 없지만, 그렇더라도 나의 소견만은 가지고 있다고 자부해왔는데, 당신은 전혀 할 말이 없어 항상 입을 다물고 있거나, 아니면 남들이 한 말만 주워대는 것뿐이었어요. 그런데도 당신은 성공한 것이죠. 그해 E회에 출품한 그림은 B신문사에서 상까지 받았죠. 신문에는 읽기에도 낯간지러울 만큼의 최대급 찬사가 쓰여 있었습니다. 고고, 청빈, 우수, 기도니 하는 말들이 난무하고 있었습니다. 그뒤 당신은 손님들과 보도된 기사에 관해 말씀을 나눴는데, 그 자리에서 당신은 거드름을 피우며 "기사 내용이 비교적으로 맞는 것 같군." 하며 짐짓 위엄까지 부리더군요.

'그 기사가 맞다니…' 대체 무슨 말씀을 하시는 건지요. 우린 청빈하지 않아요. 저금 통장을 보여드릴까요? 당신은 우리가 살고 있는 이 집으로 이사 온 후부터는 사람이 달라졌어요. 돈을 입에 물고 지내게 된 것이지요. 손님이 그림 부탁을 하면 당신은 부끄러워하는 기색도 없이 이 정도 금액은 받아야 된다는 얘기부터 끄집어냅니다. 그러면서 가격 같은 건 처음부터 분명히 정해둬야 나중에 옥신각신하는 일이 없다고 말하곤 하는데, 나는 그 얘기를 언뜻 듣고는 기분이 나빠졌어요. 왜 그렇게 돈, 돈 하는 거예요. 좋은 그림만 그리다보면 생계 따위는 어떻게든 꾸려나갈 수 있게 되는 것이라 확신합니다. 좋은 그림을 그리며 아무에게도 알려지지 않은 채 가난하게, 그리고 소리 소문 없이 살아가는 것만큼 즐거운 일은 없을 것입니다. 나는 아무것도 필요하지 않아요. 마음속에 크나큰 자존감을 가지고 아무도 모르게 살아가고 싶었던 것이죠. 당신은 이제 내 지갑까지 뒤지는 지경에 이르렀습니다. 돈이 들어오면 당신은 커다란 당신 지갑과 조그마한 내 지갑에 따로따로 돈을 챙겨 넣었어요. 이를테면 당신 지갑에는 수표 다섯 장을, 내 지갑에는 수표 한 장을 네 번 접어 집어넣는 식이었지요. 그리고 나머지 돈은 우체국이나 은행에 예금했어요. 나는 당신의 그런 행동을 잠자코 지켜볼 뿐이었습니다. 언젠가 내가 저금통장을 보관하는 책장 서랍을 자물쇠로 채우는 것을 잊어버렸을 때 당신은 그러다가 통장이라도 잃어버리면 어쩌려는 것이냐며 잔소리를 해댔죠. 그날 나는 정말이지

맥이 빠져버렸어요.

화랑으로 돈을 받으러 가면 보통 사흘 뒤에 돌아오는데, 그럴 때면 당신은 만취가 되어 한밤중에 현관문을 요란스레 열고 들어오며 "이봐, 300엔이나 남겨왔어, 세어봐." 하고 정떨어지는 소리만 하는 것이었어요. 당신이 번 돈이니까 당신이 어떻게 쓰든 누가 뭐라고 하겠습니까? 때로는 기분 전환으로 돈을 실컷 쓰고 싶을 때도 있을 겁니다. 받은 돈을 몽땅 쓴다고 해서 내가 뭐라고 할 것 같나요? 나라고 돈 무서운 줄 모르는 건 아니지만, 그렇더라도 돈만 생각하며 사는 건 아니에요. 그래도 300엔은 남겨왔다며 득의양양해하는 당신 모습을 보고 나는 영문 모를 쓸쓸함을 느꼈답니다. 나는 당신의 돈에는 관심이 없는 여자랍니다. 아무것도 사고 싶지 않고, 아무것도 먹고 싶지 않고, 좋은 데 구경 가고 싶지도 않습니다. 가재도구도, 옷가지들도 장만하지 않아도 돼요. 수건걸이 하나라도 나는 새로 사는 게 싫어요.

당신은 간혹 나를 시내로 데리고 나가 고급 중국요리 등을 사주셨는데, 맛있다는 생각이 한 번도 들지 않았습니다. 괜히 안절부절못하며 비싼 음식을 먹는 게 아깝다는 생각만 하게 되었죠. 300엔보다도, 중국요리보다도 나는 당신이 이 집 뜰에 말뚝을 박아 울타리를 만들어주는 게 얼마나 기쁜 일인지 몰라요. 툇마루에 저녁 햇살이 강하게 들어오기 때문에 넝쿨풀도 감아올리게 할 수 있는 울타리를 만들면 석양도 피할 수 있을 테니까 말이죠. 당신은 내가 울타리를 만들어달라고 그토록 부탁했는데도 정원사를 부르라는 말만 되풀이했어요. 정원사를 부르다니, 부자 흉내를 내고 싶은 게 아니에요. 당신이 만들어주길 바란 것인데 당신은 "내년엔 꼭, 내년엔 꼭" 하며 미루다가 결국 올해까지 왔어요. 당신은 당신 자신의 삶을 헛되게 낭비하면서 남들이 어려움을 당하고 있을 때는 언제나 모른 척하는 것이었습니다.

언제였을까요. 당신 친구 M씨가 찾아오셔서 아내가 중병으로 앓아누웠으니 좀 도와달라고 하자 당신은 나를 손님이 앉아 있는 응접실로 불러들이고는 큰소리로 "집에 돈 좀 있나?" 하고 심각한 표정으로 물었습니다. 웃음이 터지려는 걸 억지로 참았답니다. 내 얼굴이 붉어지면서 머뭇머뭇하고 있으려니까 "숨기지 말라구. 여기저기 뒤져보면 20엔 정도는 나올 거야." 나는 깜짝 놀랐습니다. '겨우 20엔…' 당신의 얼굴을 다시 보았죠. 당신은 내 시선을 애써 피하면서 "그 돈 나한테 좀 빌려줘. 쩨쩨

하게 굴지 말고." 그리고는 M씨에게 "가난뱅이가 되고 나면 이럴 때 서로 괴롭지." 하고 웃으며 말하는 것이었습니다. 나는 아무 말도 하고 싶지 않았습니다.

당신은 청빈과는 거리가 멀어요. 신문에는 우수에 젖은 화가니 뭐니 하는 표현도 동원됐는데, 당신의 어디에 그런 아름다운 그림자가 스며 있는 것인지요. 당신은 우수라든가 하는 것과는 정반대되는, 당신이 하고 싶은 대로 행동하는 사람입니다. 매일 아침 화장실에서 무슨 노래인지를 큰소리로 부르기도 하는데, 그럴 때면 나는 이웃들 부끄러워 견딜 수가 없어요. 그런 당신에게서 우수를 찾아볼 수나 있는 걸까요? 그런 당신이 고고하시다니….

당신은 당신을 둘러싼 추종자들 속에서만 살고 있을 뿐이에요. 당신은 우리 집에 찾아오는 손님들이 "선생님, 선생님" 하고 부르면, 여러 화가들의 그림을 덮어놓고 깎아내리며 당신과 같은 고고하신 길을 지향하는 화가는 세상에 다시없는 듯이 말하지만, 만일 정말 당신이 고고하시고 애수에 찬 화가라고 그렇게 생각되신다면 그런 식으로 남의 험담을 늘어놓을 필요는 없다고 생각해요.

당신은 손님들이 당신 면전에서나마 어쨌든 당신 의

견에 찬성해주길 바라는 것이었죠. 그런 자세가 고고한 자세라고 할 수 있을까요?

당신은 정말 거짓말쟁이에요. 작년에 E회에서 탈퇴한 후 신낭만파라나 뭐라나 하는 단체를 당신이 만들었을 때 나는 얼마나 비참한 생각이 들었는지 모릅니다. 당신이 그렇게까지 바보 취급을 하던 바로 그분들을 모아들여 그런 단체를 만들었으니 기가 막힐 노릇이었죠.

당신은 일정한 주장을, 다시 말해 정견(定見)이라는 것을 갖고 있지 않습니다. 이 세상은 역시 당신처럼 살아야 되는 것인지요. K씨가 오셨을 때 당신이랑 두 분이 M씨를 헐뜯으며 분개하거나 조소하고, M씨가 찾아오면 역시 친구는 자네뿐이라고 하면서 K씨를 비난하는 것이었어요. 세상에서 성공한 사람이란 모두들 당신처럼 처세하면서 이 세상을 살아가고 있다는 것인지요. 그런 생활 태도를 가지고도 벌 받지 않고 용케 살아가는구나, 나는 두렵기도 하고, 한편으로는 신기하기도 했습니다.

당신에겐 틀림없이 좋지 않은 일이 일어나고야 만다, 제발 일어났으면 좋겠다, 당신을 위해서도, 또 하느님이 존재한다는 것을 증명하기 위해서라도 무엇이든 나쁜 일 한 가지가 당신에게 일어나야만 된다고 나는 기도드렸어요. 하지만 나쁜 일은 일어나지 않더군요. 단 한 가지도 일어나지 않았어요. 여전히 좋은 일들만 생겼습니다. 당신이 이끄는 신낭만파의 첫 번째 전람회는 대단한 호평이었어요. 그중에서도 당신이 그린 국화 그림은 맑고 깨끗함을 보여주는 당신의 심정과 고결한 애정이 스며 있는 그림이라는 찬사가 그림 애호가들 사이에서 들끓었다는 소문을 들었습니다. 아니, 당신 같은 분이 어떻게 그런 평가를 받게 되는 것인지를 나는 도무지 알 수가 없더군요.

금년 정월에 당신은 평소 당신을 아끼며 당신 그림을 사랑해주신 E선생님 댁에 인사차 나를 데려가셨지요. 나는 E선생님을 처음 뵈었습니다. 선생님은 그토록 고명하신 대가임에도 우리 집보다 훨씬 작은 집에서 살고 계셨어요. 그렇게 사는 것이 정상이라고 생각합니다. 선생님은 뚱뚱하게 살이 찌셨는데 책상다리를 하고 앉아 계시면서 안경 너머로 힐끗 나를 바라볼 때의 그 커다란 눈은 참으로 고고하신 어른의 눈빛이었습니다. 나는 당신의 그림을 아버지 회사의 차가운 그 응접실에서 처음 보았을 때처럼 E선생님 앞에서 몸이 떨려 혼났습니다. 선생님은 나를 찬찬히 보시더니 "좋은 아내를 두셨군. 무가 가문 같은 걸." 하고 농담을 하시자 당신은 심각한 표정으로 "아, 예, 그렇지 않아도 장모님이 무가 쪽 출신이라서…" 하고 자랑스레 말하는 걸 듣고 나는 식은땀이 흘렀어요. 우리 어머니가 무가 출신이라고요? 부모님은 두 분 모두 평민이에요. 이렇게 가다가는 머잖아 당신은 '이 사람 친정이 화족(작위를 가진 사람과 그 일가) 출신이랍니다.' 하고 거짓말을 하게 될 거예요. 정말 겁나는 일이죠. 선생님 같이 고명하신 분도 당신의 속임수를 꿰뚫어보시지 못하다니…. 세상이란 다 그런 건가요. 선생님은 당신한테 요즘 작업하느라고 얼마나 애쓰느냐며 연신 위로했지만, 그때 나는 매일 아침 화장실에서 목청을 돋아 이상한 노래를 부르는 당신이 떠올라 웃음을 터뜨릴 뻔했어요. 선생님 댁에서 나온 후 발길로 자갈을 차며 "제길! 여자에겐 무르단 말야." 하며 E선생님을 비웃던 당신을 보며 깜짝 놀랐습니다. 당신은 비열해요. 방금 전까지 선생님 앞에서 굽실거리던 양반이 돌아서자마자 험담을 하다니….

당신은 미쳤어요. 그날 이후로 나는 당신과 헤어지기로 결심했어요. 더 이상 참을 수가 없어요. 당신은 이미 틀려먹었어요. 고생을 좀 해봐야 할 텐데 어찌 된 일인지 그 후로도 당신한테 나쁜 일은 없었지요.

당신은 단바 씨가 당신에게 베푼 은혜도 잊어버린 것 같더군요. 바보 같은 단바가 요즘 너무 자주 찾아와서 귀찮다는 말을 친구들에게 했었죠? 그 말을 단바 씨가 누구한테 들어서 알게 된 것인지 단바 씨는 우리 집에 찾아오실 때면 "바보 같은 단바가 또 찾아왔소이다." 하고 웃으면서 어슬렁어슬렁 부엌 쪽으로 들어오시곤 했었죠.

난 이제 당신이 하는 일들은 수수께끼 놀음 같기만 해서 도무지 이해가 안 돼요. 인간의 긍지, 명예는 도대체 어디로 사라져버린 걸까요. 헤어지겠어요. 당신을 숭배하는 사람들 모두가 한패가 되어 나를 조롱하고 있는 건 아닌지 겁이 날 정도예요. 지난번에 당신은 신낭만파가 오늘의 시국에 미치는 영향에 대해 라디오에 나가 말한 적이 있었지요. 나는 그때 방안에서 석간 신문을 읽고 있었는데 갑자기 라디오에서 당신 목소리가 흘러나오는 것이었어요. 당신 목소리가 다른 사람 목소리처럼 들렸어요. 어쩌나 불결하고 탁하게 들리던지.

당신은 아무도 모르게 가난하고 조신하게, 그리고 고고함과 청빈함을 사랑하며 살아갈 분은 절대로 못 됩니다. 이 세상 사람들과 똑같은 그저 보통 사람일 뿐이었습니다. 당신은 앞으로도 계속 출세할 거예요. 라디오에서 "제가 오늘날 여러분에게 따뜻한 사랑을 받게 된 것은…" 하는 목소리가 흘러나온 순간 나는 스위치를 꺼버렸어요. 당신은 대체 당신이 어떻게 달라졌는지 알고나 계신가요? 수치스런 짓임을 알고나 계시라고요. '제가 오늘날 여러분에게…' 같은 구역질나는 감사 인사는 두 번 다시 입 밖으로 꺼내지 마세요.

아아, 당신의 신화는 하루빨리 무너져야 합니다. 나는 방송이 있던 날 일찍 자리에 누웠어요. 전등을 끄고 천정을 바라보며 반듯하게 누워 있으려니까 뒷마당에서 여치 우는 소리가 들리더군요. 툇마루 밑에서 울고 있었지만 그 자리가 내 등줄기 바로 아래여서 어쩐지 내 등 속에 그 작은 여치가 파고들어와 울고 있는 것만 같았어요. 나는 여치 울음소리를 들으며 이 자그마한 미물의 희미하고 미약한 소리를 평생 잊지 않고 등줄기에 간직해야 한다고, 숨소리조차 크게 내지 말고 살아가리라 다짐했답니다.

급히 고소합니다

예, 말씀드리겠습니다. 다 말씀드리지요, 나리. 그 사람은 정말 지독한 사람입니다. 지독하게 못된 놈입니다. 아주 기분 나쁜 녀석입니다. 아아, 참을 수가 없군요. 도저히 살려둘 수가 없습니다.

예, 예, 차근차근 말씀드리죠. 그 사람을 살려두어서는 안 됩니다. 세상의 적입니다. 예, 모든 것을 숨김없이 말씀드리겠습니다. 저는 그 사람이 살고 있는 곳을 알고 있습니다. 바로 안내해 드리지요. 부디 갈기갈기 찢어 죽여주십시오. 그 사람은 저의 스승입니다. 주인님이십니다. 하지만 나이는 저와 같습니다. 서른네 살입니다. 저

는 그 사람보다 겨우 두 달 늦게 태어났을 뿐입니다. 대
단한 차이도 아니죠. 그 사람은 지금까지 저를 얼마나 혹
독하게 부려먹고 조롱해왔는지 모릅니다. 아아, 이젠 정
말 싫습니다. 참을 만큼 참았습니다. 화가 났을 때 화를
내지 못한다면 인간으로 태어난 보람을 느낄 수 없을 겁
니다. 제가 지금껏 남몰래 얼마나 그 사람을 감싸주었는
지 아무도 모를 겁니다. 그 사람 자신도 모를 겁니다. 아
니, 그 사람은 알고 있어요. 너무나도 잘 알고 있기 때문
에 더욱 못되게 나를 무시하는 겁니다. 그 사람은 거만합
니다. 그 사람은 저 같은 보잘것없는 인간에게 신세를 지
고 있다는 것이 불명예스럽게 생각되고 있기 때문입니
다. 바보가 아닌가 여겨질 만큼 자존심은 또 얼마나 강한
지 모릅니다. 사람들 앞에서 무슨 일이든 해낼 수 있다는
것을 보이고 싶어 안달하는 사람이니까요. 어리석은 얘
기죠. 이 세상을 살아가기 위해서는 어쩔 수 없이 누군가
에게 굽신굽신 머리를 숙여야 하고 그렇게 한 걸음 한 걸
음 나아감으로써 다른 이들을 누르는 것 외에는 달리 방
도가 없는 것입니다. 하지만 그 사람이 도대체 무엇을 할
수 있다는 것인지요. 아무것도 할 줄 모릅니다. 제가 봤
을 때는 풋내기에 지나지 않습니다. 만약 제가 없었더라

면 그 사람은 오래 전에 저 무능하고 얼간이 같은 제자들과 함께 어느 들판에 쓰러져 객사했을 게 틀림없습니다. "여우도 굴이 있고 공중에 나는 새도 거처가 있으되 오직 인자는 머리 둘 곳이 없도다." 바로 그것입니다. 스스로 자백하고 있는 것입니다. 베드로가 뭘 할 수 있겠습니까? 야고보, 요한, 안드레아, 토마스 같은 얼간이들이 모여 그 사람 뒤를 졸졸 따라다니며 등골이 오싹해질 정도의 아부하는 말을 지껄이면서 천국이 어쩌니 저쩌니 하는 어리석은 얘기를 철석같이 믿고 열광하는 것입니다. 정말 그 천국이라는 곳이 가까워지면 녀석들은 좌우에서 그를 호위하는 높은 자리에 오를 수 있다고 믿고 있는 모양입니다. 바보 같은 놈들. 당장 그날 먹을 빵도 부족해 내가 도와주지 않으면 모두 굶어 죽을 것이 뻔합니다. 저는 그 사람에게 설교를 시키고, 군중들에게서 몰래 헌금을 걷고, 또 마을의 부자들에게서 공물을 뜯어내며 잠자리에서부터 먹을 것과 입을 것까지 수고를 마다않고 정성을 다했는데 그 사람은 물론이고 그 얼간이 제자들까지 저에게 감사하다는 인사 한마디가 없더군요. 감사는커녕, 그 사람은 저의 이런 숨은 수고를 모르는 척 언제나 분에 넘치는 말만 늘어놓곤 했습니다. 먹을 거라고는 빵 다섯 개와 생선 두 마리밖에 없었을 때도 그 사람은 눈앞의 군중에게 먹을 것을 나누어주겠다는 식으로 큰소리를 쳤고, 그러면 제가 뒤에서 고생 끝에 그럭저럭 변통을 해서 그 사람이 큰소리친 것만큼의 식량을 구해온 적도 있습니다. 말하자면 저는 그 사람의 기적을 돕고, 위험한 마술의 조수 노릇을 몇 번이고 해온 셈입니다. 저는 이래봬도 구두쇠는 아닙니다. 오히려 호사가랍니다. 저는 그 사람을 아름다운 사람이라고 생각합니다. 어린아이처럼 욕심이 없지요. 그 사람은 제가 빵을 사기 위해 아무리 열심히 돈을 모아두더라도 그런 돈은 한 푼도 남김없이 쓸데없는 일에 써버리곤 했습니다. 하지만 저는 그런 짓을 원망하지는 않습니다. 그는 아름다운 사람이니까요. 저는 원래 가난한 상인이지만, 이상만 중시하며 사는 사람을 이해하지 못하는 것은 아닙니다. 그렇기 때문에 그 사람이 제가 애써 모아둔 돈을 헛된 일에 다 써버려도 저는 아무렇지도 않았습니다. 하지만 아무리 그렇다 하더라도 저에게도 가끔씩 따뜻한 말 한마디 정도는 해줄 수 있었을 텐데 그 사람은 언제나 저를 짓궂게 대하는 것이었습니다. 한번은 봄날의 해변을 거닐던 그 사람이 갑자기 제 이름을 부르시더니, "네가 수고가 많구나. 너의 외로움은 잘 알지만, 그렇다고 항상 그렇게 불쾌한 얼굴만 하고 있어서는 안 된다. 외로울 때 외로운 표정을 짓는 것은 위선자나 하는 짓이다. 너는 외로워하고 있다는 것을 남들이 알아주기를 바라면서 애써 얼굴빛을 꾸며 보이고 있는 것뿐이다. 네가 진정으로 신을 믿고 있다면, 외로울 때도 아무렇지 않은 척 얼굴을 깨끗하게 씻고 머리에 기름을 발라 빗어 넘기고 웃음을 지어야 한다. 정녕 모르겠느냐. 다른 이들이 너의 외로움을 알아주지 않아도 눈에 보이지 않는 곳에 계신 너의 진정한 아버지가 너의 외로움을 알아주신다면 그것으로 충분한 게 아니냐. 그렇지 않느냐? 외로움은 누구나 가지고 있는 것이다." 그의 말씀을 듣고 저는 왠지 소리 내어 울고 싶어졌습니다. 아니, 저는 하늘에 계신 아버지가 몰라주신다 해도, 또 세상 사람들에게 알려지지 않는다 해도, 오로지 당신 한 분만이 알아주신다면 그것으로 충분한 겁니다. 저는 당신을 사랑합니다. 다른 제자들이 아무리 깊이 당신을 사랑한다 해도, 그것과는 비교도 되지 않을 만큼 당신을 사랑합니다. 누구보다도 당신을 사랑하고 있습니다. 베드로와 야고보 같은 자들은 단지 당신 뒤를 따라다니다 보면 무언가 좋은 일이 생기는 건 아닌가, 하는 그런 생각들이나 하며 따라다니는 겁니다. 그러나 저만은 알고 있습니다. 당신 뒤를 따라다녀 봤자 얻을 것은 아무것도 없다는 것을. 그걸 알면서도 저는 당신 곁을 떠날 수가 없는 것입니다. 왜 그런 것일까요. 당신이 이 세상에서 사라진다면 저도 곧 죽게 될 것입니다. 살 수가 없습니다. 저는 항상 혼자서 남몰래 생각하는 것이 하나 있습니다. 그것은 당신이 그 쓸모없는 제자들 곁을 떠나 하늘에 계신 아버지에 대한 가르침을 전하는 일도 그만두시고, 그저 얌전한 시민의 한 사람으로 돌아와 어머니이신 마리아님과 저, 이렇게 셋이서 영원히 조용한 일생을 보내는 것입니다. 저희 마을에는 아직도 저의 작은 집이 남아 있습니다. 연로한 어머니와 아버지도 계십니다. 제법 넓은 복숭아밭도 있습니다. 지금과 같은 봄날이면 복사꽃이 피어 장관을 이룹니다. 거기서라면 편안하게 일생을 보내실 수 있습니다. 제가 언제나 곁에서 모시겠습니다. 좋은 배필도 만나시고요. 제가 이렇게 말했더니 그 사람은 엷은 웃음을 띠시며, "베드로와 시몬은 어부다. 그들에겐 아름다운 복숭아밭도 없다. 야고보와 요한도 가난한 어부다. 그들에겐 평생을 편안히 보낼 수 있을 만한 그런 땅이 없는 것이다."라고 낮게 중얼거리고는 다시 조용히 해변을 걷기 시작했습니다. 제가 그 사람과 차분하게 대화를 나눈 건 오로지 그때뿐이었고, 그 후로는 결코 저에게 그처럼 마음을 터놓고 말씀해주신 적이 없습니다. 저는 그 사람을 사랑합니다. 그 사람이 죽으면 저도 함께 죽을 것입니다. 그 사람은 다른 누구의 것도 아닙니다. 내 것입니다. 그 사람을 다른 누군가에게 넘겨야 한다면, 넘기기 전에 그 사람을 죽이고야 말 겁니다. 아버지도 버리고, 어머니도 버리고, 태어난 땅도 버리고 지금까지 그 사람만을 따라 왔습니다. 저는 천국을 믿지 않습니다. 신도 믿지 않습니다. 그 사람의 부활도 믿지 않습니다. 그리고 어째서 그 사람이 이스라엘의 왕이라는 말입니까! 멍청한 제자들은 그 사람이 하느님의 아들이라고 믿으면서 그가 얘기하는 복음이니 뭐니 하는 말을 듣고 기뻐 날뜁니다. 머지않아 그들이 실망하게 될 것을 저는 알고 있습니다. 자기를 높이는 자는 낮아지고 자기를 낮추는 자는 높아지리라, 그 사람은 약속하셨지만, 세상은 그렇게 만만한 곳이 아닙니다. 그 사람은 거짓말쟁이입니다. 그 사람의 말 한마디 한마디가 하나에서 열까지 모두 엉터리입니다. 저는 그의 그런 말들을 하나도 믿지 않습니다. 그러나 저는 그 사람의 아름다움만은 믿고 있습니다. 그렇게 아름다운 사람은 이 세상 어디에도 없습니다. 저는 그 사람의 아름다움을 순수하게 사랑합니다. 그뿐입니다. 저는 그 어떤 대가도 바라지 않습니다. 그 사람을 따르다가 이윽고 천국이 가까워지는 때가 와도 그때야말로 한자리 해보려는 그런 야비한 생각은 한 번도 해본 적이 없습니다. 다만 저는 그 사람 곁을 떠나고 싶지 않을 뿐입니다. 그 사람 곁에서 그 사람의 목소리를 듣고 그 사람의 모습을 바라볼 수 있다면 그것만으로 족합니다. 그리고 가능하다면 그 사람이 설교 따위는 그만두고 저와 단둘이서 일생을 보내주기만을 바라는 겁니다. 아아, 그렇게만 된다면! 저는 얼마나 행복할까요. 저는 오직 현세의 이런 기쁨만을 믿습니다. 다음 세상의 심판 따위는 전혀 두렵지 않습니다. 그 사람은 아무런 보답도 바라지 않는 저의 이 같은 순수한 애정을 왜 받아주시지 않는 걸까요. 아아, 그 사람을 죽여주십시오, 나리. 저는 그 사람이 있는 곳을 알고 있습니다. 제가 안내해드리겠습니다. 그 사람은 저를 멸시하고 증오합니다. 그 사람은 저를 미워하고 있습니다. 저는 그 사람과 그의 제자들에게 매일같이 빵을 구해다주며 그들이 굶주리지 않게 도왔는데, 어째서 저를 그토록 쌀쌀맞게 냉대하는지 모르겠습니다. 제 얘기 좀 들어보십시오. 엿새 전의 일입니다. 그 사람이 베다니아에 있는 시몬의 집에서 식사를 하고 있을 때, 그 마을에 살고 있는 마르타의 여동생인 마리아가 나르드 향유가 가득 들어 있는 항아리를 안고 그 방으로 살며시 들어와서는 갑자기 그 기름을 그 사람 머리에 쏟아부었고, 그 때문에 온몸은 물론이고 발가락까지 흠뻑 젖었답니다. 그런데도 그녀는 그런 무례를 저지르고도 사과하기는커녕 조용히 웅크리고 앉아 자기 머리칼로 그 사람의 젖은 양쪽 발을 정성껏 닦는 것이었습니다. 향유 냄새가 방안 가득 퍼지는 가운데 묘한 분위기가 흐르자 저는 공연히 화가 나서 '무례한 짓을 하지 마라!' 고 그 자매에게 소리쳤습니다. 이걸 보라구. 옷이 다 젖지 않았느냐. 정말 어리석은 여인이로구나. 이 정도 기름이라면 300데나리온(로마의 은화단위로 노동자들의 하루 품삯이었다.)은 될 터인데 300데나리온을 벌어 그 돈을 가난한 이들에게 나누어준다면 가난한 이들이 얼마나 기뻐하겠느냐. 이렇게 쓸데없는 짓을 하다니 정말 한심하구나. 제가 그녀를 호되게 꾸짖자, 그 사람은 저를 엄하게 바라보시며 말씀하셨습니다. "이 여인을 꾸짖어서는 안 된다. 이 여인은 내게 아주 좋은 일을 해주었다. 가난한 자들에게 돈을 베푸는 것은 앞으로 너희들이 얼마든지 할 수 있는 일이 아니더냐. 나는 더 이상 베풀 수가 없게 되었다. 그 이유는 묻지 말라. 이 여인만이 알고 있다. 이 여인이 내 몸에 향유를 부은 것은 내 장례를 위해 미리 준비하는 것이다. 너희들도 기억해두어라. 전 세계 어느 곳에서든 나의 짧은 일생에 대한 이야기가 전해지는 곳에는, 반드시 이 여인이 오늘 한 행동에 대한 이야기 또한 기념으로 함께 전해질 것이니라." 그렇게 말을 맺었을 때 그 사람의 창백한 볼은 어느새 상기되어 붉어져 있었습니다. 저는 그 사람의 말을 믿지 않았습니다. 언제나 그랬듯이 과장된 연극이라 생각하고 아무렇지도 않게 흘려들을 수 있었습니다만 그것보다는 그때 그 사람의 목소리와 눈동자에서 이제껏 한 번도 보지 못한 묘한 기운이 느껴져 저는 순간 당황했고, 또 그 사람의 붉어진 볼과 약간 눈물을 머금은 눈동자를 바라보던 중 문득 한 가지 생각이 떠오르는 게 있었습니다. 아아, 너무나도 끔찍스러운 장면이어서 입에 담을 수도 없을 정도입니다. 그 사람은 이토록 가난한 백성인 여인에게 사랑, 아니 설마 그런 일은 절대로 없겠지만, 그와 비슷한 야릇한 감정을 품은 것은 아니었을까요? 설마 그와 같은 사람이 그런 무지몽매한 시골 여인 따위에게 잠시나마 특별한 감정을 품었었다면 세상에 그런 추태도 없을 것이며 돌이킬 수 없는 추문이 될 것입니다. 저는 남들에게 치욕이 되는 감정을 냄새로 알아내는 재주를 타고난 남자입니다. 저 자신도 그것이 저질스런 후각으로 여겨져 칭찬할 만한 일이 되지 않는다고 생각하지만, 어쨌든 한 번 슬쩍 보기만 해도 다른 사람의 약점을 정확히 알아챌 수 있는 예민한 재능을 가지고 있습니다. 그 사람이 가령 한 순간이나마 무지몽매한 그 시골 여인에게 특별한 감정을 느꼈던 것은 틀림이 없습니다. 제가 잘못 본 것이 아닙니다. 분명 그렇습니다. 아아, 참을 수가 없습니다. 도무지 견딜 수가 없습니다. 그 사람이 그런 한심한 꼴을 보이다니, 이젠 끝장이라는 생각이 들었습니다. 추태가 극에 달한 것이라고 생각되었습니다. 그 사람은 지금까지 세상 어떤 여인이 호감을 보이며 연모하더라도 항상 아름답고 잔잔한 물처럼 조용하기만 했습니다. 전혀 평정을 잃은 적이 없습니다. 아마도 방탕하고 싶어진 모양입니다. 칠칠치 못한 짓이죠. 하긴 그 사람도 한창 젊은 나이다 보니 그럴 수도 있는 일이라고 생각하겠지만, 그렇다면 저만 해도 같은 나이랍니다. 그 사람보다 두 달 늦게 태어났을 뿐이지요. 젊음으로 말하면 그 사람과 다를 것이 없습니다. 그럼에도 불구하고 저는 견디고 있습니다. 오로지 그 사람에게만 마음을 바쳤고, 이제껏 그 어떤 여자에게도 마음이 움직인 적이 없습니다. 마리아의 언니 마르타가 골격이 우람하고 덩치가 소처럼 큰 데다 성격이 거칠고 공연히 부산을 떨며 일 하나만은 억세게 잘할 줄 아는 볼품없는 시골 아낙이라면 마리아는 언니와 달리 뼈대가 가늘고 피부는 속이 비칠 정도로 창백한 데다 손발은 작고 통통했으며 호수처럼 깊고 맑은 커다란 눈동자는 언제나 꿈꾸듯 먼 곳을 바라보고 있어 다른 사람들 모두가 신비해할 정도로 기품이 있는 여인이었습니다. 저 역시 그 여인에게 마음이 있었답니다. 그래서 마을에 나가면 그 여인에게 몰래 흰 비단이라도 사다 주려 했지요. 아아, 뭐가 뭔지 모르겠습니다. 제가 지금 무슨 말을 하고 있는 것인지요? 그렇습니다. 저는 분한 것입니다. 그 이유는 잘 모르겠지만, 발을 동동 구르고 싶을 만큼 분한 겁니다. 그 사람이 젊다면 저 또한 젊습니다. 저는 재능도 있을 뿐더러 집과 밭도 있는 훌륭한 청년입니다. 그런데도 저는 그 사람을 위해서 제가 가진 특권을 다 버린 겁니다. 전 속았어요. 그 사람은 거짓말쟁이입니다. 나리, 그 사람은 제 여자를 빼앗아간 겁니

다. 아니 그게 아니라 그 여자가 저에게서 그 사람을 빼
앗아간 것입니다. 아아, 그것도 아닙니다. 제가 말하는
것은 모두 엉터리입니다. 한마디도 믿지 마십시오. 뭐가
뭔지 정말 모르겠군요. 용서해주십시오. 저도 모르게 그
만 터무니없는 말을 했습니다. 그런 천박한 일은 결코 없
습니다. 제가 실없는 말씀을 드린 것 같습니다. 그렇지만
저는 정말 분한 겁니다. 너무 분해서 가슴을 쥐어뜯고 싶
을 정도입니다. 왜 그런지는 저도 잘 모르겠습니다. 아
아, 질투라는 것은 정말 견디기 힘든 악덕입니다. 저는
목숨도 버릴 각오로 이제까지 오직 그 사람만을 섬기며
따라왔는데, 그런 저에게는 따뜻한 말 한마디 건네지 않
고 그런 비천한 신분의 여인은 얼굴을 붉히면서까지 감
싸주셨던 겁니다. 아아, 역시 칠칠치 못한 인간입니다.
더 이상 가망이 없는 사람입니다. 평범하기 그지없는 사
람일 뿐입니다. 만일 죽더라도 하나도 애석해할 필요가
없는 자입니다. 그렇게 생각하자 문득 끔찍한 생각이 떠
올랐습니다. 악마에게 홀린 것인지도 모릅니다. 그날 이
후 저는 그 사람을 차라리 내 손으로 죽이자는 생각을 하
게 되었습니다. 언젠가는 죽임을 당할 분임에 틀림없습
니다. 그 사람만 해도 누군가가 자신을 죽여주기를 바라

는 것 같은 눈치를 보여주곤 했었답니다. 내 손으로 죽여
줘야겠다, 다른 사람 손에 죽게 하기는 싫다, 그 사람을
죽이고 나도 죽어버리자. 나리, 이렇게 우는 모습을 보여
드려 정말 부끄럽습니다. 예, 이제는 울지 않겠습니다.
예, 예, 침착하게 말씀드리겠습니다. 다음날 드디어 저희
는 그렇게 고대하던 예루살렘을 향해 출발했습니다. 남
녀노소를 불문하고 모여든 수많은 군중들이 그 사람의
뒤를 따랐습니다. 이윽고 예루살렘 성전이 가까워졌을
때 그 사람은 길가에서 노쇠한 당나귀 한 마리를 발견하
고는 미소를 띤 채 당나귀에 올라탔습니다. 그러고는 "시
온의 딸이여, 두려워 마라. 너의 왕이 나귀 새끼를 타고
오신다."라고 외치며 예언되었던 바와 같은 일이 그대로
벌어졌다고 밝은 얼굴로 말했지만 왠지 저는 기분이 울
적해지기만 하는 것이었습니다. 나귀를 탄 그의 모습이
얼마나 초라해 보였는지요. 이것이 기다리고 기다리던
유월절에 예루살렘 성전에 입성하는 다윗의 자손이 보여
줘야 할 모습이었다는 것인지요. 그 사람이 평생 동안 염
원하던 영광스런 모습이 겨우 이런 늙어빠진 나귀에 걸
터앉아 터벅터벅 나아가는 불쌍한 광경이었다는 것인지
요. 저는 연민 이상의 감정을 더 이상 느낄 수가 없었습

니다. 실로 비참하고 어리석게도 속이 빤히 들여다보이는 우스꽝스런 연극을 구경하는 것 같은 기분이 들었답니다. 때문에 아아, 이 사람도 이젠 끝이로구나. 하루 동안 목숨을 부지하면 하루 동안 목숨을 부지한 만큼의 추태를 보일 뿐이다. 꽃은 피어 있을 때만 꽃인 것이다. 아름답게 피어 있을 때 베어내야 한다. 그 사람을 가장 사랑하는 것은 나다. 사람들에게 어떤 식으로 미움을 받든 상관없다. 하루라도 빨리 그 사람을 죽여야 한다는 괴로운 결심은 더욱 단단해졌습니다. 그곳에 모여드는 군중들은 시시각각 늘어났고, 군중들은 그 사람이 지나는 길가에 빨강, 파랑, 노랑 등 형형색색의 옷을 던지거나 종려나무 가지를 꺾어서 길 위에 깔아주며 환호로 그 사람을 맞았습니다. 그 사람의 전후좌우에 들러붙듯이 밀려온 무리들이 거대한 파도처럼 그 사람과 나귀를 마구 흔들며 "호산나! 다윗의 자손이여. 찬송하리로다. 주님의 이름으로 오시는 분, 높은 데서 호산나!"라고 저마다 열광하며 찬송하는 것이었습니다. 베드로와 요한, 바르톨로메오 등 그의 모든 제자들은 어리석게도 이미 천국을 눈앞에 둔 개선장군을 따르는 것처럼 기쁨과 환희에 차서 서로 얼싸안고 눈물을 흘리며 입맞춤을 나누었습니다.

완고한 성격의 베드로는 요한을 끌어안은 채 엉엉 큰소리 내어 울면서 기쁨의 눈물을 흘렸습니다. 그런 모습을 보고 있으려니 왠지 저 또한 이 제자들과 함께 고난을 견디며 포교해왔던 인고의 날들이 떠올라 눈시울이 뜨거워졌습니다. 그 사람은 성전으로 들어갔습니다. 그리고 나귀에서 내리자 무슨 생각을 한 건지 밧줄을 주워들고 마구 휘두르며 성전 안의 환전소 탁자와 비둘기 장수의 의자 등을 내리치는 것이었습니다. 사람들이 팔려고 데려온 소와 양까지도 채찍을 휘둘러 모두 성전 밖으로 쫓아버리고는 경내에 있던 수많은 상인들을 향해 "너희는 모두 여기서 썩 꺼져라. 내 아버지의 집을 장사치의 집으로 만들지 마라."고 날카롭게 호통을 치는 것이었습니다. 그토록 온화하신 분이 술주정뱅이처럼 그런 난동을 부리다니, 아무래도 좀 제정신이 아니라는 생각이 들었습니다. 주변에 있던 이들도 모두 놀라며 그 사람에게 이게 어찌된 일이냐고 물었습니다. 그러자 그 사람은 거친 숨을 몰아쉬며 "너희가 이 성전을 부수어버려라. 내가 사흘 안에 다시 지어줄 테다." 이렇게 대답하는 것이었습니다. 하지만 아무리 우직한 제자들이더라도 그 사람의 너무나도 터무니없는 그런 말이 믿기지 않는 듯 넋을 놓고 있을 뿐이었습니다. 그렇지만 저는 알고 있었습니다. 결국은 그 사람의 유치한 억지에 지나지 않는다는 것을 말입니다. 그 사람은 신앙으로 이루지 못할 일은 없다는 것을 사람들에게 보여주고 싶었던 것입니다. 그렇다 치더라도 채찍을 휘둘러 힘없는 상인들을 쫓아내다니 참으로 비열한 허세입니다. 당신이 할 수 있는 반항이 겨우 그런 것입니까? 겨우 비둘기 장수의 의자를 걷어차 쓰러뜨리는 게 전부란 말입니까? 하고 비웃어주면서 묻고 싶었습니다. 이제 이 사람은 가망이 없습니다. 자포자기 상태입니다. 자기 힘으로는 앞으로 아무것도 할 수 없다는 것을 조금씩 깨닫기 시작했는지 자신의 결점이 더 이상 들통나기 전에 일부러 제사장에게 붙잡혀 이 세상을 떠나고 싶어진 것 같습니다. 그렇게 생각하자 저는 그 사람을 깨끗이 포기할 수 있었습니다. 그리고 거드름을 피우는 그런 도련님을 지금까지 일편단심으로 사랑해온 제 자신의 어리석음도 웃어 넘길 수 있게 되었습니다. 이윽고 그 사람은 성전에 모인 수많은 군중을 앞에 두고 이제껏 해온 말들 중 가장 무례하고 오만한 폭언을 퍼부어대기 시작했습니다. 그런 모습이 추레해 보이기까지 했습니다. 죽임을 당하고 싶어 좀이 쑤시는 모습이었습니다. "율법학

자들과 바리사이들아, 너희 같은 위선자들은 화를 입을
것이다. 너희는 잔과 접시의 겉만을 깨끗이 닦아놓았다.
그러나 그 속에는 착취와 탐욕이 가득 차 있다. 율법학자
들과 바리사이들아, 너희 같은 위선자들은 화를 입을 것
이다. 너희는 겉은 그럴싸해 보이지만 그 속은 죽은 사람
의 뼈와 썩은 것이 가득 차 있는 회칠한 무덤과 같도다.
이와 같이 너희도 겉으로는 옳은 사람처럼 보이지만 속
은 위선과 불법으로 가득 차 있다. 이 뱀 같은 자들아, 독
사의 자식들아! 너희가 지옥의 형벌을 어떻게 피할 수 있
겠느냐? 예루살렘아! 예루살렘아! 너는 예언자들을 죽이
고 너에게 보낸 이들을 돌로 치는구나. 암탉이 병아리를
날개 아래 모으듯이 내가 몇 번이나 네 자녀를 모으려 했
던가. 그러나 너는 응하지 않았다." 황당하기 짝이 없는
말입니다. 웃음이 나오는 것을 참을 수가 없었습니다. 그
런 말도 안 되는 소리를 하다니, 그 사람은 미쳐버린 겁니
다. 그밖에도 기근이 있을 것이라느니, 지진이 일어날 것
이라느니, 하늘에서 불이 떨어질 것이라느니, 달은 빛을
잃고, 땅에는 사람들의 시체가 넘쳐나며, 시체 주위엔 그
들 시체를 쪼아 먹으려는 독수리가 모여들고, 그때 사람
들은 탄식하며 이를 갈며 분해할 것이라는 등 어처구니

없는 폭언들을 되는 대로 마구 뱉어내는 것이었습니다. 참으로 사리 분별 없는 행위가 아닐 수 없습니다. 너무나도 우쭐해하는 행동이었습니다. 자기 분수도 모르고 신바람이 난 꼴이라니. 이제 그 사람은 죄를 모면하지 못할 것으로 생각됐습니다. 틀림없이 십자가에 매달리게 되리라 생각되었습니다.

제사장과 장로들이 몰래 대제사장 가야파의 집 앞마당에 모여 그 사람을 죽이기로 결정했다는 이야기를 어제 마을 상인에게서 들었습니다. 만약 군중들 앞에서 그 사람을 체포했다가는 군중들이 폭동을 일으킬지도 모르니 그 사람과 제자들만 있는 곳을 관청에 신고하는 자에게는 은화 삼십 냥을 준다는 것이었습니다. 더 이상 꾸물거리고 있을 때가 아니다. 그 사람은 어차피 죽게 돼 있다. 다른 사람 손에 의해 넘겨지느니 내 손으로 넘겨버리자. 그렇게 하는 것이 내가 지금까지 그 사람에게 바쳐온 한결같은 애정의 마지막 표시이자 의무다. 괴롭지만 내가 팔자. 어느 누가 나의 이런 숭고한 사랑을 제대로 이해해주겠는가. 아니, 아무도 이해해주지 않는다 해도 상관없다. 내 사랑은 순수한 사랑이다. 남들의 이해를 얻기 위한 사랑이 아니다. 그런 야비한 사랑이 아니다. 나는 영원히 사람들의 원망을 사게 될 것이다. 그러나 순수한 사랑의 욕심 앞에서는 그 어떤 형벌도, 지옥불도 문제가 되지 않는다. 나는 내 방식대로 살아갈 것이다. 저는 몸이 떨릴 정도로 굳게 결심했습니다. 그리고 은밀히 적당한 때를 엿보고 있었습니다. 드디어 축제 당일이 되었습니다. 저희들 사제 열세 명은 언덕 위에 있는 낡은 요릿집 어둑어둑한 2층 객실을 빌려 축제 연회를 열기로 했습니다. 모두들 식탁에 앉아 저녁 식사를 하려던 바로 그때 그 사람이 갑자기 자리에서 일어서더니 조용히 웃옷을 벗는 것이어서 저희는 대체 왜 저러시는 건가 하고 의아하게 생각하며 바라볼 뿐이었습니다. 그 사람은 식탁 위에 있는 물병을 들어 물병 안의 물을 방 한구석에 놓여 있던 작은 대야에 따르더니 새하얀 수건을 자신의 허리에 걸치고 대야에 담긴 그 물로 제자들의 발을 차례차례 씻겨주시는 것이었습니다. 제자들은 이유를 몰라 당황스러워하며 어쩔 줄 몰라 했지만 저는 왠지 그 사람의 숨겨진 마음을 알 것 같았습니다. 저 사람은 외로운 것이다. 극도로 마음이 약해져서 이제는 무지하고 고지식한 제자들에게라도 매달리려 하는 것이 분명하다. 가엾게도 그 사람은 피할 수 없는 자신의 운명을 잘 알고 있었던 것이다. 저는 그런 광경을 지켜보다가 갑자기 강렬한 오열이 목구멍까지 치밀어 오르는 것을 느꼈습니다. 당장 그 사람을 끌어안고 함께 울고 싶어졌습니다. 아아, 불쌍한 당신을 어찌 벌할 수 있겠습니까. 당신은 언제나 다정하고 올바르며 언제나 가난한 자들의 편이었습니다. 그리고 언제나 빛이 날 정도로 아름다웠습니다. 당신은 틀림없는 하느님의 아들입니다. 저는 그것을 알고 있습니다. 부디 용서해주십시오. 저는 당신을 팔아넘길 작정으로 요 며칠간 기회를 엿보고 있었던 것입니다. 하지만 이제는 아닙니다. 당신을 팔아넘기다니, 그런 못된 생각을 어쩌다가 하게 된 것인지 알 수가 없습니다. 안심하십시오. 이제부터는 500명의 관리와 1,000명의 병사가 몰려온다 해도 당신 몸에 손가락 하나 대지 못하게 할 것입니다. 당신은 지금 매우 위험한 상태에 놓여 있습니다. 당신을 잡으려고 노리고 있는 자들이 많은 겁니다. 지금 당장 여기서 도망치셔야 합니다. 베드로, 야곱, 요한, 너희들 모두 날 따라와라. 우리의 온화하신 주님을 지키며 평생 오래도록 함께 살자, 라는 사랑의 말을 입밖으로 말하지는 않았지만 가슴속에 끓어오르고 있었습니다. 지금껏 느껴본 적이 없는 일종의 숭고한 영감에 젖어 뜨거운 사죄의 눈물이 기분 좋게 볼을 타고 흘러내렸습니다. 이윽고 그 사람은 저의 발을 조용히 정성스레 씻겨주고는 허리춤에 두르고 있던 수건으로 부드럽게 닦아주셨는데 아아, 그 때의 감촉이라니, 저는 그때 천국을 본 것인지도 모릅니다. 제 다음에는 필립보의 발을, 그 다음으로는 안드레아와 베드로의 발을 씻겨줄 차례가 되었는데 베드로는 천성이 우직할 정도로 솔직한 자인지라 궁금한 마음을 감추지 못하고 주여, 당신은 어째서 저희들의 발을 씻겨주시는 것입니까, 하고 다소 불만에 찬 목소리로 입을 뾰족하게 내밀며 물었습니다. 그 사람은 "아아, 지금 내가 하는 일을 너는 알지 못하나 이후에는 알게 될 것이니라." 조용히 이르시고 베드로의 발밑에 쭈그리고 앉았지만 베드로는 여전히 이를 완강히 거부하며 안 됩니다, 영원히 제 발 같은 건 씻겨주시면 안 됩니다. 황송해서 안 됩니다, 라고 말하면서 발을 오므리는 것이었습니다. 그러자 그 사람은 언성을 높이며 "만약 내가 너의 발을 씻겨주지 않는다면 너와 나는 더 이상 아무 상관이 없어지느니라." 이렇게 단호히 말했고, 그러자 베드로는 몹시 당황했습니다. 아아, 죄송합니다, 그렇다면 저의 발뿐 아니라 손과 머리도 씻겨주십시오 하고 바닥에 머리를 대고 사죄

하는 것이어서 저는 그런 모습을 보고 그만 웃음이 터져 나왔습니다. 다른 제자들도 웃음이 나오는 것을 참지 못하는 등 그 때문에 방안이 밝아진 것 같았습니다. 그 사람도 살며시 웃으며 말했습니다. "베드로야, 발만 씻으면 그것으로 네 전신은 깨끗해지느니라. 아아, 너뿐만이 아니다. 야곱과 요한도 모두 때 묻지 않은 깨끗한 몸이 되었다. 그러나…." 그 사람은 말을 하다 말고 자리에서 일어서더니 갑자기 고통을 견디기 힘들다는 듯 무척 슬픈 눈빛을 보이다가 이내 그 눈을 질끈 감은 채 말을 이었습니다. "모두가 깨끗해지면 좋으련만." 그 말을 들은 저는 가슴이 뜨끔했습니다. 당했구나! 내 얘기를 하고 있는 것이다. 그 사람은 제가 방금 전까지 자신을 팔아 넘기려는 부정한 생각을 하고 있던 것을 눈치챈 것입니다. 하지만 그때는 그렇지 않았던 것입니다. 단언컨대 그때는 그런 마음이 아니었습니다! 나는 이제 깨끗한 몸이 된 것이다. 마음도 깨끗해진 것이다. 그런데 아아, 그 사람은 그걸 모르고 있구나. 그걸 모르고 있어. 그게 아니라고요, 그게 아니라고요! 목까지 치밀어 오르는 절규를 저의 나약하고 비굴한 마음이 그 말을 침 삼키듯 삼켜버리고 말았습니다. 아아, 아무 말도 할 수 없구나. 그 사람에게서 그런 말을 듣고 보면 나는 역시 깨끗해진 게 아닌지도 모른다고 그 사람의 말을 긍정하는 생각이 고개를 처들어 그런 비굴한 반성이 검게 부풀어 오르면서 저의 오장육부를 헤집는 것이었습니다. 그러자 반성하려는 마음은 곧 사라지고 분노의 감정이 불길을 뿜어대기 시작한 것입니다. 아아, 안 되겠구나. 난 이제 다 틀렸어. 저 사람은 마음속 깊이 나를 미워하고 있다. 팔자, 팔아버리자. 저 사람을 죽이고 나도 함께 죽을 것이다. 이미 결심한 바 있었던 그런 결심을 다시 되새기고 저는 완전히 복수의 화신이 되었습니다. 그 사람은 제 마음속에서 두 번 세 번 수없이 갈등했던 커다란 동요는 눈치 채지 못한 듯 다시 웃옷을 걸치고 옷차림을 가다듬은 뒤 자리에 앉더니 몹시 창백한 얼굴로 말했습니다. "내가 너희들의 발을 씻겨준 이유를 알겠느냐. 너희들은 나를 주라고 칭하기도 하고 스승이라 칭하기도 하는데 그것은 옳은 말이다. 나는 너희들의 주이자 스승임에도 너희들의 발을 씻겨주었으니 이제부터는 너희들 또한 서로의 발을 사이좋게 씻겨주어야 한다. 내가 언제까지 너희와 같이 있을지 모르겠구나. 그래서 지금 이 기회에 너희들에게 모범을 보인 것이다. 내가 한 것을 잊지 말고 너희들도 똑같이 행하도록 해야 한다. 스승은 제자보다 뛰어난 법이니 내가 말하는 것을 잘 듣고 잊지 말도록 하여라." 그 사람은 어두운 표정으로 그렇게 말하고는 조용히 식사를 시작했습니다. 그러다가 문득 "너희 가운데 한 사람이 나를 배신하리라." 고개를 숙인 채 괴롭게 신음하는 듯한 목소리로 말씀하셨습니다. 그러자 제자들은 소스라치게 놀라며 일제히 자리를 박차고 일어나 그 사람 곁으로 몰려들었습니다. 주여, 그것이 저입니까. 주여, 저를 두고 하시는 말씀이십니까, 라며 저마다 법석을 떨며 물었습니다. 그 사람은 마치 죽은 사람처럼 힘없이 고개를 저으며 "내가 지금 그에게 빵 한 조각을 줄 것이다. 그는 몹시 불행한 사나이다. 차라리 태어나지 않는 편이 나았다."라고 단호한 말투로 그렇게 말하고는 빵 한 조각을 집어 들더니 그대로 팔을 뻗어 정확히 제 입에 바짝 갖다 댔습니다. 그때는 저도 이미 배짱이 생겨 수치심보다는 원망스러울 뿐이었습니다. 그 사람의 짓궂은 심보를 증오했습니다. 이렇듯 제자들 모두가 보는 앞에서 버젓이 저를 욕보이다니, 불과 물처럼 영원히 융화할 수 없는 숙명이 저와 그놈 사이에 존재하는 것입니다. 개나 고양이에게 던져주듯 빵 한 쪽을 내 입속에 밀어 넣는 게 그가 할 수 있는 분

풀이였단 말인가. 하하, 어리석은 놈이로구나! 나리. 그 녀석은 저에게 네가 할 일을 속히 행하라고 말하더군요. 저는 곧장 식당에서 뛰쳐나와 밤길을 쉬지 않고 달려 지금 여기에 온 것입니다. 그리고 이렇듯 다급하게 그를 고발하는 것입니다. 자, 어서 그 사람에게 벌을 내려주십시오. 부디 원하시는 대로 그를 벌해주십시오. 그를 붙잡아 몽둥이로 때린 후 알몸으로 만들어 죽여버리는 것이 좋겠군요. 저는 이제 더 이상 참을 수가 없습니다. 그는 나쁜 놈입니다. 지독한 놈이지요. 지금까지 저를 얼마나 괴롭혀왔는지 모릅니다. 하하하하. 빌어먹을 놈 같으니라고. 그 사람은 지금 기드론 계곡 저편 겟세마니 동산에 있습니다. 지금쯤이면 2층 객실에서의 만찬도 끝내고 제자들과 함께 겟세마니 동산에서 하늘에 기도를 올리고 있을 시간입니다. 제자들 외에는 아무도 없습니다. 지금이라면 별 어려움 없이 그 사람을 체포할 수 있습니다. 아아, 작은 새가 시끄럽게 울어대는군요. 오늘 밤은 새들의 울음소리가 어찌 이리 귀에 거슬리는 걸까요. 제가 고발하러 이곳으로 달려올 때도 숲에서 작은 새들이 짹짹 울어대고 있었습니다. 밤에 우는 새는 드문데 말입니다. 저는 순간 아이 같은 호기심이 일어 그 작은 새를 한 번

직접 보고 싶어져 우뚝 선 채 고개를 갸웃거리며 나뭇가지 사이를 살펴보았습니다. 아아, 제가 쓸데없는 말을 지껄이고 있군요. 죄송합니다. 나리. 출발할 준비는 다 되셨는지요. 아아, 기분이 좋군요. 오늘밤은 저에게도 마지막 밤이 될 것입니다. 나리, 나리. 오늘밤 그 사람과 제가 어깨를 나란히 하고 서 있는 광경을 지켜봐주십시오. 저는 오늘밤 그 사람과 어깨를 나란히 하고 서 보일 것입니다. 그 사람을 두려워하지 않을 것입니다. 비하하지도 않을 것입니다. 저는 그 사람과 똑같은 나이입니다. 똑같이 훌륭한 젊은이입니다. 아아, 새소리가 시끄럽군요. 왜 이리도 소란스럽게 울어대는 것인지요. 짹짹짹짹, 왜 이리 소란을 떠는 것인지요. 아니, 그 돈은? 저에게 주시는 겁니까? 은화 30냥이라. 하하하하. 그건 안 될 말이죠. 거절하겠습니다. 제가 화를 내기 전에 집어넣으시는 게 좋으실 겁니다. 돈 욕심이 나서 고발하러 온 게 아니니 어서 집어넣으십시오! 아니, 죄송합니다. 받겠습니다. 제가 상인 아니겠습니까. 제가 돈 때문에 그 사람에게 경멸당해온 것을 생각해서라도 받도록 하겠습니다. 어차피 전 장사치입니다. 그 사람이 그토록 경멸하는 돈으로 멋지게 복수해줄 것입니다. 이것이 제게 가장 잘 어울리는 복수니까요. 녀석은 고작 은화 삼십 냥에 팔려간다. 나는 눈물도 흘리지 않겠다. 나는 그 사람을 사랑하지 않는다. 처음부터 추호도 사랑한 적이 없다. 예, 나리. 제가 별별 거짓말을 늘어놓았습니다. 저는 돈이 탐나 그 사람을 따른 것뿐입니다. 그게 틀림없습니다. 그런데 그 사람을 맨날 따라다녀보았댔자 돈벌이를 시켜줄 위인이 못 된다는 것을 오늘밤 확신하게 돼 상인의 본능으로 재빨리 등을 돌린 것입니다. 돈, 세상은 돈입니다. 은화 30냥이라니, 너무나도 근사하군요. 받겠습니다. 저는 인색한 상인입니다. 그 돈이 정말 욕심났던 겁니다. 예, 감사합니다. 예, 예. 말씀드리는 게 늦었네요. 제 이름은 상인 유다. 헤헤, 가롯 유다입니다.

작가에 대하여

다자이 오사무(太宰治, 1909년 6월 19일 ~ 1948년 6월 13일)는 일본의 소설가이다. 본명은 쓰시마 슈지(津島修治)인데, 필명을 쓴 까닭은 쓰가루 지방(아오모리 현 서부) 출신인 스스로가 본명을 읽으면 쓰가루 방언의 영향으로 지시마(チシマ)로 들리지만 이 필명은 방언투로 읽어도 발음이 그대로이기 때문이었다고 한다.*

생애

*다자이의 문학 스승이었던 이부세 마스지(井伏鱒二)가 그를 회상하며 쓴 『다자이 군(太宰君)』에 수록된 일화이다.

1. 출생

1909년 아오모리 현(青森縣) 쓰가루군(津經郡) 가네키무라(金木村)에서 지방 유지였던 대지주 쓰시마 겐고에몬(津島源右衛門)과 타네(夕子) 사이에서 태어났다. 그의 형제자매는 모두 11명으로 다자이가 태어날 즈음 맏형과 둘째 형은 이미 죽고 없었다. 겐고에몬은 쓰가루 고쓰쿠리무라(木造村)의 지주였던 마쓰키(松木) 집안에서 데릴사위로서 쓰시마 집안으로 들어왔다.

겐고에몬의 본가인 마쓰키 집안은 당시 쓰시마 집안이나 야마나카 집안과는 비교도 할 수 없는 지체 높은 향사(鄉士) 집안이었다. 원래 지금의 일본 후쿠이 현에 해당하는, 와카사 국(若狹國) 고하마(小浜)의 상인이었던 마쓰키 집안의 선조는 1658년~1660년 사이에 히로사키(弘前)로 이주해 비단장사를 시작했는데, 쓰가루 번의 농토 개발로 다시 고쓰쿠리로 옮겨왔고 이때 농토 개간의 공을 인정받아 향사가 되었고 대대로 양조장을 영위하다가 메이지 시대에 8대 당주 시치고에몬(七右衛門)이 약재 도매상으로 전업했다. 이 시치고에몬의 넷째 아들 겐고에몬이 바로 다자이의 친아버지다.

다자이가 태어날 당시 그의 아버지는 현의 회의원과

중의원 의원, 고액의 납세 덕분에 귀족원 의원까지 맡은 현지의 명사였으며, 쓰시마 집안은 '가나키의 영주님'으로까지 불릴 정도로 명망 있는 집안이었다. 다자이가 태어난 가나키의 생가는 현재 다자이 오사무 기념관으로서 그의 소설 제목을 딴 '샤요칸(斜陽館)'이라는 이름으로 일반에 공개되어 있으며, 일본의 중요문화재이다.

2. 학생 시절

아버지는 공무로 늘 바빴고 어머니는 병약했으므로, 다자이 자신은 유모 등의 손에서 자랐다.

1916년에 가나키제일심상소학교(金木第一尋常小學校)에 입학하였다. 4년 만인 1922년 4월에 소학교를 졸업하고 학력 보충을 위해 현지 4개 마을에서 조합으로 세운 메이지고등소학교(高等小學校)에 다시 1년 간 통학하였으며, 1923년에는 아오모리 현립 아오모리중학교(青森中學校)*에 입학하는데, 입학 직전인 3월에 아버지가 도쿄에서 세상을 떠났다.

*지금의 아오모리 현립 아오모리 고등학교.

3. 고등학교 시절

형들의 영향으로 중학교까지는 교내 수석을 차지할 정도로 공부를 잘했다. 17세 때인 1925년 습작 「도요토미 히데요시의 최후(원제: 最後の太閤)」를 집필하면서 동인지를 발행하기 시작하였고, 이때부터 동인지에 실을 소설이나 희곡, 수필을 쓰며 작가를 지망하기 시작한다. 1927년 4월에 관립 히로사키(弘前) 고등학교 문과(文科) 갑류(甲類)에 입학한 뒤로는 이즈미 교카(泉鏡花)나 아쿠타가와 류노스케(芥川龍之介)의 작품에 심취하는 동시에* 좌익 운동에도 눈을 돌리기 시작했고, 프롤레타리아 문학의 영향으로 1928년 5월에 동인지 『세포문예(細胞文芸)』를 발행하여 지면에 '쓰시마 슈지(辻島衆二)'** 라는 이름으로 작품 「무간나락(無間奈落)」을 발표하였다.(잡지는 9월에 4월호를 낸 것을 마지막으로 폐지.) 그 밖에도 고스게 긴키치(小菅銀吉)라는 필명이나, 본명인 쓰시마 슈지로 글을 쓰기도 했는데, 이때 그는 자신의 '계급'은 과연 어디에 속하는가를 고민하다 1929년 12월

---

*아쿠타가와 류노스케는 그가 고등학교에 진학한 해 7월에 자살했는데 다자이는 이에 크게 충격을 받았다고 한다.
**그의 본명과 발음은 같지만 한자가 다르다.

에 카르모틴 자살을 시도하기도 했다. 1930년 3월, 히로사키 고등학교 문과 갑류를 졸업할 당시 그의 성적은 76명 가운데 46등이었다.

프랑스어를 전혀 하지 못하면서도 프랑스 문학을 동경해 4월에 동경제국대학(東京帝國大學) 문학부 불문학과에 입학하지만, 높은 수준의 강의 내용을 전혀 이해할 수 없었던 데다 친가에서 부쳐주는 돈으로 마음껏 방탕하고 호사스러운 생활을 하면서 그에 대한 자기 혐오, 내지 다자이 자신의 처한 위치와 더불어 마르크시즘에 심취해갔고, 당시 치안유지법에서 단속하고 있던 공산주의 활동에 몰두하느라(다만 공산주의 사상 자체에 진심으로 빠져들었던 것은 아니었다.) 강의조차 대부분 출석하지 않았다. 또한 소설가가 되기 위해 5월부터 이부세 마스지(井伏鱒二)의 제자로 들어갔는데, 이때부터 본명인 쓰시마 슈지가 아닌 다자이 오사무라는 이름을 쓰게 된다. 대학은 거듭된 유급에 수업료 미납으로 제적된다.* 재학 중에 만나 동거하던 술집의 여급으로 유부녀였던 18세의

---

*졸업에 임해 구술시험을 받았을 대, 교관 한 명이 그에게 "교직원의 이름만 댈 수 있다면 졸업시켜주겠다."라고 했지만 강의에 출석하지 않았던 다자이는 교직원의 이름을 단 한 명도 댈 수 없었다고 한다.

다나베 시메코(田部シメ子)와 1930년 가마쿠라(鎌倉)의 고시고에(腰越) 바다에서 동반 투신자살을 기도하였으나, 시메코만 죽고 다자이는 혼자 살아남았다. 이 일로 다자이는 자살방조 혐의로 검사로부터 조사를 받았지만, 형 분지(文治) 등의 탄원으로 기소유에 처분을 받았다고 한다.*

4. 소설가 다자이 오사무

1933년 단편소설 「열차」를 「선데이 히가시오쿠(東奧)」에 발표하고, 동인지 『해표』에 참가해 「어복기(魚服記)」를 발표한다.

1934년 12월에는 단 가즈오(檀一雄), 야마기시 가이시(山岸外史), 기야마 슈헤이(木山捷平), 나카하라 쥬야(中原中也), 쓰무라 노부오(津村信夫) 등과 합심해 문예지 『푸른 꽃(원제: 青い花)』을 창간하지만, 창간호로 폐간되었다. 1935년에는 소설 「역행(逆行)」을 「문예」에 발표하는데, 동인지 이외의 문예지에 그가 발표한 것은 「역

---

*다자이의 기소유에 처분에 대해서는, 당시 다자이의 담당검사였던 우노(宇野)가 우연히도 아버지의 친가인 마쓰키 집안의 친척이었다는 것과, 그의 담당형사도 가나키 출신으로 다자이와 동향이었다는 점이 유리하게 작용했다는 설도 있다.

행」이 처음이었다. 또한 이 해에 사토 하루오(佐藤春夫)를 알게 되었고 그로부터 사사하게 된다.

한편 1935년에 처음으로 아쿠타가와상이 제정되는데, 다자이의「역행」과「어릿광대의 꽃(원제: 道化の華)」이 제1회 수상작 후보에까지 오른다. 평소 아쿠타가와 류노스케를 존경해왔던 데다 재정적으로 어려웠던 처지도 결부되어 다자이는 강력히 아쿠타가와상을 소망하게 되었다고 한다. 그러나 제1회 아쿠타가와상은 이시카와 다쓰조(石川達三)의「소우보(蒼氓)」에게로 돌아갔다. 이때 다자이나 그의 스승이자 강력한 후원자로서 아쿠타가와상 수상 당시 전형위원이기도 했던 사토 하루오는「역행」보다는「어릿광대의 꽃」을 좀더 높이 평가하며 여기에 기대를 걸고 있었는데, 당시 아쿠타가와상 전형 위원이던 가와바타 야스나리(川端康成)가 다자이의「어릿광대의 꽃」을 그의 실제 생활과 연관지어* 부정적으로 평가하며「어릿광대의 꽃」을 후보 작품으로 선정하는 것을 꺼려했던 것이다.(다만 가와바타는 최종 선정 과정에서는 심사회에 결석.) 가와바타로부터 "작자의 현재 생활

*당시 그는 앞서 1927년 9월에 아오모리에서 알게 된 기녀 고야마 하쓰요(小山初代)와 1931년 2월부터 동거중에 있었다.

에 어두운 구름이 끼어 있다."고 사생활에 대한 비난이 섞인 혹평을 들은 다자이는 "작은 새를 키우고, 무도회를 보러 다니는 것이 그렇게 훌륭한 생활인가? 죽여버릴까, 라고도 생각했었다. 악당이라고도 생각했었다…."라고 『문예통신』에 실은 '가와바타 야스나리에게' 라는 짧은 글에서 반격했다.

그 후 도신문사에 입사하지 못하고 다시 또 가마쿠라에서 자살을 시도하나 미수에 그친다. 앞서 1935년 10월에 발표한 자신의 회심의 역작 「다스 게마이네(원제 : ダス ゲマイネ)」*가 반드시 제2회 아쿠타가와상을 수상하리라 다자이는 기대했고 사토도 확실한 보증을 했지만** 「다스 게마이네」는 후보에도 오르지 못한 채 그 해 아쿠타가와상도 '해당 작품 없음' 으로 결론이 나버렸다.

---

* 「다스 게마이네」는 독일어로는 Das Gemeine로 '비속한 것' , '천한 것' 이라는 뜻이 되기도 하고, 다자이가 태어난 쓰가루 사투리로 '통 쓸모가 없다' 는 뜻이 되기도 한다. 이 작품이 발표되기 한달 전인 9월 22일에 지인 미우라 마사쓰구(三浦 正次)에게 보낸 편지에서 다자이는 "비열하고 세속적인 것의 승리' 에 대해 쓰고 싶었습니다. '비속' 이란 수치스러운 것이 아니며, 마음먹기에 따라 나름대로 '훌륭한' 것입니다. 부끄럽게 생각하는 순간, 영원히 그것을 받아들일 수 없을 만큼 지저분하게 변하고 맙니다. 잘 부탁드립니다, 라고 하며 머리를 수그리는, 그 존엄함에 대해 썼습니다." 라고 말하고 있다.
** 사토 하루오가 다자이에게 보낸 편지 중에는 "500엔(당시 아쿠타가와 상 상금)은 당신 것이다" 라는 문구가 들어 있었다.

1936년에는 전년부터 이어진 파비나르 중독 치료에 전념하는 한편, 첫 단편집 「만년(晚年)」을 간행하는데, 그의 「만년」이 상반기 대상의 제3회 아쿠타가와 상의 대상 후보에 고려되고 있다는 소식을 전해듣자, 다자이는 자존심을 접고 사토 하루오는 물론 예전의 적이었던 가와바타 야스나리에게까지 사정하는 편지를 보냈다. 그리고 가와바타도 "나는 예선 후보 작품을 빠짐없이 읽었다. 의구심이 가는 작품은 두 번씩 읽었다. 다자이씨의 작품집 「만년」도 이전에 읽었다. 이번에 적당한 후보 작품이 없다면, 다자이 씨의 특이한 재능이 수상을 해도 좋을 것이다."라며 호의적인 반응을 비쳤다. 그러나 제3회 아쿠타가와 상은 오다 다케오의 「성외(城外)」라는 작품에게 돌아가고, 다자이의 아쿠타가와상 수상은 다시 무산되어 버렸다. 거듭 좌절한 다자이는 사토 하루오와 주고받은 편지까지 공개하며 '자신이 떨어진 것은 이해할 수 없다'는 불만을 표출했고, 이에 분개한 사토 하루오도 소설 「아쿠타가와 상」에서 다자이의 둔감함을 비난, 둘은 한동안 서먹한 사이가 된다. 그리고 3회 이후 아쿠타가와 상 후보 선정의 기준이 '한 번 후보에 오른 작가의 작품은 다시 후보로 선정하지 않는다'로 확립되면서, 다자이의 아쿠타가와상 수상에의 도전은 끝내 물거품이 되고 만다.

이듬해 1937년 오기쿠보(荻窪)의 벽운장(碧雲莊) 2층 취사장 복도에서 친척이었던 미술학도 고다테 젠시로(小館善四郎)로부터, 그가 다자이의 내연녀 고야마 하쓰요와 간통하고 있었다는 고백을 듣게 되고, 하쓰요와 카르모틴 자살을 시도하나 또다시 미수에 그쳤다. 이후 그는 하쓰요와 이별하고 1년간 붓을 꺾었다.

1938년 스승 이부세의 초대로 야마나시 현(山梨縣) 미사카(御坂) 고개에 있는 덴가사야(天下茶屋)를 방문해 그곳에서 석 달 동안 머무르던 중 이부세의 중매로 고후 시(甲府市) 출신의 이시하라 미치코(石原美知子)와 만나 11월에 결혼했다. 결혼 이듬해인 1939년 1월에 고후의 미사키쵸(御崎町)에 살며 정신적으로도 안정을 찾은 다자이는 「후지 산 백경(富嶽百景)」, 「급히 고소합니다(直訴)」*, 「달려라 메로스(走れメロス)」 등의 뛰어난 단편을 발표했다. 전쟁으로 어수선한 와중에도 「쓰가루(津輕)」, 「옛날 이야기(お伽草紙)」 등 창작 활동을 계속해나갔다.**

전쟁이 막바지에 다다른 1945년 다자이는 소설 「석별

---

*한국의 번역본 중에는 '유다의 고백'으로 번역된 것도 있다.

(惜別)」을 발표했는데, 중국의 사상가이자 문인이었던 루쉰의 일본 유학 시절 이야기를 그린 이 작품은 전시체제하 일본 군부가 문학을 정치 선전에 이용하고 전쟁 참여를 독려하기 위해 만든 일본문학보국회(日本文學報國會)의 의뢰에 따라 쓴 것이었다.*** 패전 뒤인 1947년 몰락 화족(華族)을 그린 장편소설 「사양(斜陽)」이 평판을 얻어 유행 작가가 된다.****

**전쟁 중에는 펜밖에 들고 가지 않을 다자이였음에도 이때는 아내와 아이를 위해 짐수레를 끌고 피난길에 올랐으며, 다자이의 아내 미치코는 "다자이는 내게 짐수레에 타라고 했습니다. 빈 수레는 오히려 더 끌기 어렵다면서 말이에요."라며 전쟁의 혼란 속에서 다자이가 보여주었던 가장으로서의 면모를 회고하였다.

***다자이 자신은 1944년 1월 30일에 도호 영화사의 프로듀서 야마시타 료조에게 쓴 편지에서 "새해가 되자마자 문학보국회에서 대동아 5대 선언을 기초로 한 소설을 쓰라는 어려운 명령을 받아, 이것도 나라를 위하는 일이라는 생각에 다른 일을 제쳐두고 이 일에 매진하는 중입니다."라고 썼고, 후기에서도 "써달라는 의뢰가 없었어도 언젠가 써보고 싶다는 생각에서 자료를 모으고 구상하고 있었던 것"이라고 말했지만, 다자이 오사무 자신이 당시 일본문학보국회에 소설 개요를 제출했던 소설가 50명 가운데 선발된 6명 가운데 한 사람이었다는 점에서 이 소설은 다자이 오사무 스스로가 자신의 의지에 따라 일본문학보국회의 기획에 적극적으로 참가해 쓴 작품이라고 할 수 있다. 다만 당시 평론가들은 작품에 그려진 루쉰의 모습과 그의 입을 빌려 말하는 일본과 중국의 관계가 지극히 피상적임을 들어 이 작품을 '실패작'으로 간주하였다.

****다자이는 패전 뒤 수많은 문인들이 과거 일본의 침략 전쟁을 찬양하던 때와는 다르게 너무도 갑작스러운 태도로 민주주의를 외치는 모습에 환멸을 느꼈는데, 스승인 이부세 마스지에게 보낸 편지에서도 "저널리즘에 부추김을 받아 민주주의를 떠들어댈 생각은 없습니다. 일본인은 모두 전쟁에 협력한 것입니다."라며 불만을 털어놓았고, 이것은 훗날 그가 「사양」을 집필하는 한 동기가 되었다고 여겨지고 있다.

5. 죽음

1948년 6월 13일 「인간실격(人間失格)」, 「앵두(櫻桃)」
를 마무리한 직후 다마가와(玉川) 강 수원지에서 애인 야
마자키 도미에(山崎富榮)와 동반자살하였다. 이때 그의
나이는 39세였다.

이 사건은 발표 직후부터 온갖 억측을 낳았는데, 도미
에에 의한 억지 정사설, 희극 심중 실패설 등이다. 다자
이가 생전에 아사히(朝日) 신문에 연재 중이던 유머 소설
「굿 바이」도 미완의 유작으로 남았는데, 공교롭게도 13
화에서 작가의 죽음으로 절필되었다는 데에서 기독교의
징크스를 암시하는 다자이의 마지막 멋부림이었다는 설
도 있고, 그의 유서에는 "소설을 쓰는 것이 싫어졌다." 등
의 취지가 적혀 있었는데, 자신의 컨디션 불량이나 다운
증후군을 앓는 저능아였던 외아들의 처지에 대한 비관도
자살의 한 원인이 되었을 거라는 설도 있다. 기성 문단에
대한 '선전포고'로까지 불리던 다자이의 연재 평론 「여
시아문(如是我聞)」의 마지막회는 다자이 사후에 게재되
었다. 유해는 스기나미 구 호리노우치에서 화장되었다.
계명(戒名)은 문채원대유치통거사(文綵院大猷治通居士)
였다.

다자이의 사체가 발견된 6월 19일은 공교롭게도 그의 생일이었는데, 죽기 직전에 쓴 단편 「앵두」와도 관련해, 생전에 다자이와는 동향으로 교류가 있던 곤 간이치(今官一)에 의해 '앵두 기일'이라 불리게 되었다. 이날은 다자이 문학의 팬들이 그의 무덤이 있는 도쿄 도(東京都) 미타카 시(三鷹市)의 젠린사(禪林寺)를 찾는 날이기도 하다. 또한 다자이가 태어난 아오모리 현 카나기마치에서도 '앵두 기일'에 맞춰 다자이를 기념하는 행사를 열었는데, 다자이의 탄생지에서 다자이의 탄생을 축하하는 것이 옳다는 유족의 요망도 있어 다자이 오사무 탄생 90주년이 되는 1999년부터는 「다자이 오사무 탄생제」로 이름을 고쳤다.

작품 연구

그의 작품은 일본 교과서에 등장할 정도로 후세에 많은 영향을 끼쳤으며, 특히 《인간실격》은 신초(新潮)문고본으로만 일본 국민작가 나쓰메 소세키의 《마음》에 이어 두 번째로 많은 판매수를 기록하였다.

다자이는 장편과 단편 모두 우수한 작품을 많이 남겼

지만, 특히 「만원(滿願)」 같이 극히 적은 양의 원고지로도 훌륭한 작품을 써낼 수 있었던 소설가로서도 높게 평가되고 있다. 그는 「여학생(女生徒)」이나 「여치(きりぎりす)」 등 여성 화자가 주인공이 된 1인칭 작품을 많이 집필하였고, 여성 작가나 여성 문예평론가들로부터 "남성임에도 이 정도 수준으로, 여성의 마음을 잘 알고 있다니" 하는 호평을 받았다. 또 「여학생」은 미지의 여성 독자가 그에게 보내온 일기에 근거해 집필한 것이라고 한다.

성경이나 기독교에도 지속적으로 강한 관심을 보여, 성경과 관련된 작품을 몇 개 남기고 있다. 그 가운데 하나가 바로 「급히 고소합니다」이다. 한국에서는 번역자에 따라 「유다의 고백」으로도 번역되는 이 작품에서는 일반적으로 배반자 변절자로서 인지되는 가롯 유다의 마음속 갈등이 그려져 있다. 다자이는 이 작품을 구술 필기로 단번에 완성했는데, 이때 그의 아내가 필기를 도왔다고 한다.

『만년(晩年)』(1936년, 砂子屋書房)
「허구의 방황, 다스 게마이네(虚構の彷徨, ダス ゲマイネ)」(1937년, 新潮社)

「이십세기 기수(二十世紀旗手)」(1937년)

「사랑과 미에 대하여(愛と美について)」(1939년)

「여학생(女生徒)」(1939년)

「피부와 마음(皮膚と心)」(1940년)

「추억(思ひ出)」(1940년)

「달려라 메로스」(1940년)

「여자의 결투(女の決鬪)」

「도쿄 팔경(東京八景)」(1941년)

「신 햄릿(新ハムレット)」(1941년)

「치요조(千代女)」(1941년)

「급히 고소합니다」(1941년)

「풍문(원제: 風の便り)」(1942년)

「늙은 하이델베르크(老ハイデルベルヒ)」(1942년)

「정의와 미소(正義と微笑)」(1942년)

「여성(女性)」(1942년)

「후지 산 백경(富嶽百景)」(1943년)

「우대신 사네토모(右大臣實朝)」(1943년)

「길일(佳日)」(1944년)

「쓰가루(津輕)」(1944년)

「새로 쓰는 여러 나라 이야기(新釋諸國噺)」(1945년)

「석별(惜別)」(1945년)

「옛날 이야기(お伽草紙)」(1945년)

「판도라의 상자(パンドラの匣)」(1946년)

「박명(薄明)」(1946년)

「겨울의 불꽃놀이(원제: 冬の花火)」(1947년)

「비용의 아내(원제: ヴィヨンの妻)」(1947년)

「사양」(1947년)

「인간실격」(1948년)

「앵두」(1948년)

　　다자이의 작품 전집은 이미 그가 죽기 직전인 1948년
부터 「다자이 오사무 전집」이라는 이름으로 야쿠모 서점
에서 간행이 시작되었지만 출판사가 도산하면서 중단되
고, 그 뒤 창예사(創藝社)에서 새로이 「다자이 오사무 전
집」이 간행되었다. 그러나 그의 시중 작품뿐 아니라 그가
주고 받았던 편지와 미발표 습작까지 완비한 본격적인
전집은 1955년에 지쿠마 서방(筑摩書房)에서 비로소 간
행되었다. 2014년 도서출판b에서 한국어판 『다자이 오
사무 전집』(전10권)을 완간했다(전집 번역은 세계 최초
다).

한편 패전 뒤 일본에 진주한 연합군 최고 사령관 총사령부(일명 GHQ)의 참모 제2부(GII)에서 전사실장을 맡고 있던, 미국 메릴랜드 대학의 역사학 교수 고든 윌리엄 프란게 박사에 의해서 GHQ에 의해 검열되어 메릴랜드 대학으로 이송되었던, 이른바 '프란게 문고'에 소장된 자료를 통해, 다자이가 패전 뒤 GHQ가 일본을 점령하고 있던 시기에 발표했던 「인어의 바다(人魚の海)」, 「철면피」, 「교장 3대」, 「화폐(貨幣)」, 「오손 선생 언행록(원제: 黃村先生言行錄)」, 「길일」, 「수상한 암자(원제: 不審庵)」 등은 GHQ의 검열에 의해 삭제하도록 지시받고 있었음이 2009년에 밝혀진다.

(출처 위키백과)

옮긴이 김욱

언론계 최일선에서 오랫동안 활동했다. 현재는 인문, 사회, 철학, 문학 등 다양한
분야의 서적을 탐독하며 사유의 폭을 넓히고 있다. 지은 책으로는 《가슴이 뛰는
한 나이는 없다》《삶의 끝이 오니 보이는 것들》《상처의 인문학》《탈무드에서 마
크 저커버그까지》《성공한 리더십, 실패한 리더십》 등이 있다.
옮긴 책으로는 《지적 생활의 즐거움》《여행하는 나무》《아미엘의 일기》《니체의
숲으로 가다》《지로 이야기》《동양기행》《황천의 개》《노던라이츠》《지식생산의
기술》《나이듦의 지혜》《간소한 삶, 아름다운 나이듦》《후회 없는 삶, 아름다운 나
이듦》 등이 있다.

개를 키우는 이야기 / 여치 / 급히 고소합니다

1판 1쇄 인쇄 2017년 4월 20일
1판 1쇄 발행 2017년 5월 1일

지은이 다자이 오사무
옮긴이 김욱
펴낸이 김현정
펴낸곳 도서출판리수

등록 제4-389호(2000년 1월 13일)
주소 서울시 성동구 행당로 76 110호
전화 2299-3703
팩스 2282-3152
홈페이지 www.risu.co.kr
이메일 risubook@hanmail.net

ⓒ 2017, 도서출판리수
ISBN 979-11-86274-22-4 03830